敬斋

当代古典体诗词丛刊

布袋行吟集

上

熊召政 著

岳麓書社·长沙

我与旧体诗词代序

我的故乡是大别山中的一座小县城。在我童年的记忆中，小城的生活状态同唐代宋代并没有多大差别。无论是吃食还是玩意儿，都是祖辈传下来的。十岁之前，我连水泥地都没有见到过，小城的街面上铺的都是鹅卵石。好房子与差房子的差别，仅在于是青砖墙还是土砖墙。长着瓦松的瓦房顶，一到雨天，总是匍伏着一层乳白的水汽，与升不上去的炊烟一起，在斜斜的瓦沟里缭绕。精神生活方面，最让人兴奋的是看社戏，听大鼓书。无论文化的高低，地位的尊卑，年齿的老幼，只要是饮食男女，无不在这种娱乐中得到陶醉。当然，小城里的文人所过的精神生活，比起俗民要更丰富一些，最显著的爱好，就是对诗歌的钟情。我说的诗歌，不是指的新诗，而是传统的旧体诗词。因此，我小时候受到的文学熏陶，最重要的便是戏曲与诗词两样。

关于诗词，我倒是受到了较为严格的家学

培养。我的祖父粗通文墨，但年轻时离家不知所终，我从未见过他。我的外祖父是一位老中医，尤擅儿科，在小县城里，算是有地位的人。行医之余，他喜爱书法与诗词，大约他看出孙辈中我于文学稍有天赋，故刻意栽培。五岁时便教我对对子。从两个字开始，他说『青山』，我对『绿水』，不但要词语对仗，还要求平仄工整。就这样训练了三年时间，从两个字开始一直对到五十个字。尔后让我读《唐诗三百首》《千家诗》《宋词钞》等，就这样读到十二岁。我一边念小学，一边接受这种私塾教育。可以说，在我十二岁之前，我没有读过一本新诗，但却读了好多种旧体诗词的选本。外祖父对我说：『读熟《唐诗三百首》，不会吟诗也会吟。』他要求我背诵众多诗词名篇，这一点让我一辈子受用。这应该就是大家所说的『童子功』吧。

『文革』开始后，我的私塾教育停止了，学校教育也停止了。十七岁下乡，到一个丘陵起伏的山村。却没想到在山村里我找到了新的

『文友』，一位乡村郎中，一位乡村木匠，都是诗词的热爱者，这两位都是五十来岁的人，算是父辈，但他们称我小友。劳作之余，我们三人常凑到一起写诗。写诗通常不叫写诗，叫『做诗』。四年的农村生活，我与木匠、郎中一起，大约做了几百首诗词。那时，这类写作属于『四旧』，不但不能发表，还要藏着掖着，否则就要挨批。

我的旧体诗词的写作，便是在这样一种状态下开始的，几十年来一直未曾停止，哪怕在我成为诗人，一年发表上百首新诗的年头，我仍在『做诗』。当年外祖父教我做诗时，只让我背诵古代诗人的名篇，以此作为样本。二十岁后，我自己又通读了许多诗话，从中体悟做诗的技巧。日积月累，也颇积攒了一些心得。旧体诗词成了我私密性写作的一部分，特别是天命之年后，欲说还休的事渐渐多了起来，这种心态用旧体诗词来表达，是再恰当不过的了。

近些年，旧体诗词写作的人多了起来，而

且努力的人亦不在少数。但对『个中三昧』理解通透的人，却并不多见。究其因，大概泰半属于半路出家的缘故。新诗与旧诗，我个人认为都不可偏废。两种诗艺有交汇处，但毕竟是两股道上的车，方向与驾驶技术都不尽相同。描写今天的生活，当下的时代，还是得用新诗。但触景生情、抒怀咏史，旧体诗词的写作空间依然阔大。

感谢纪宝成先生的举荐以及『敬斋当代古典体诗词』丛刊编辑诸君的襄助，让我得此机会从若干旧作中选出一本来出版。之所以名为《布袋行吟集》，乃是因为这『布袋』既装禅意，亦可视为『诗囊』。在人生的旅途上，有布袋相伴，乐莫大焉！

二〇一五年四月二日于闲庐

上册　目录

第二辑 旧雨亲情

第一辑　布袋行吟

当阳玉泉寺四首

唐杏

宝鼎香炉佛殿前，一株唐杏正擎天。
添得两围寒岁柏，互吐青云剪楚烟。

大雄宝殿

檐串珍珠瓦泄霞，六朝香火竞繁华。
佛身大难乘风去，剩得泉边恻恻蛙。

月月桂

山墙渗出暗香来，谓是当年佛手栽。

独爱碧心嘲冷月，敢违风雪向人开。

珍珠泉

灵龟不见放生还，空有珍珠滑玉盘。
试水哪来香染指，绿荇深处是红莲。

一九八〇年十二月三十日于当阳

后记：

玉泉寺有两大奇观，一是大雄宝殿前放生池内的青蛙从来不叫；二是有两株桂树，每月开花一次。

游庐山黄龙寺赠住持释常智法师

孤单游历黄龙寺，云在山腰瀑在前。

问罢禅机挥手别，法师常智我常闲。

一九九〇年八月二十四日

初登九华山两首

匡庐前日客，今上九华山。
暮掩龙溪水，烟笼岭石寒。
十王峰上月，百岁寺中禅。
我欲当街饮，满林钟磬喧。

今人拜古佛，到处是蒲团。
见面皆香客，惟吾是谪仙。
尘缘虽未了，血气却藏玄。

游子松前问，禅机何处参。

一九九〇年八月二十八日

后记：

幼时常承母教，随她去庙里烧香。及长，因时代变化，宗教禁止，所有寺庙或毁或关，无从礼佛，但向佛之心从未泯灭。三十五岁后，杂事少了许多，闭门读书之余，常约友人游历佛寺。此是游九华山之因缘。

参禅

不思空在空之外，只守平常一寸心。
古道斜阳闻击竹，小桥流水问飞禽。
修心养性推神秀，见性明心数慧能。
何处归禅谁作答，高墙花影梦痕深。

一九九一年三月二十二日

后记：

自一九九〇年始，开始研究佛教与禅学，

兴趣渐浓。在狱中读日本禅学大师铃木大拙之作《禅风禅骨》，洞开了人生另一境界。

禅家

风起竹邀花扫石，寒来云为客添衣。

禅家活得无拘碍，尽日南山一局棋。

一九九二年四月十六日

游普陀山两首

万顷烟波里，名山起道场。
青螺称佛岛，碧浪护慈航。
浪拍唐钟静，岩巡宋寺凉。
观音居处好，南海有天堂。

人间多苦难，此处产慈悲。
焚指如燃草，显灵更竖碑。
观音千手眼，浩劫百千回。

菩萨终难救，苍生空泪垂。

一九九三年五月九日于普陀山息耒小庄

游庐山东林寺赠果一方丈

秋壮如云山约我，苍檐挂月夜如师。
劫波度尽心仍钝，禅魄归来觉愈迟。
古寺梵钟惊客思，菩提慧语释狐疑。
何时再踏东林路，虎啸龙吟且任之。

一九九三年九月八日

后记：

果一方丈，庐山东林寺住持，净土宗第

二十九代传人。一九九三年九月初，我曾专程到东林寺拜望，并皈依于他的门下，释名常正。

悼果一和尚两首

茶烟杳杳鹧鸪频，四月江南草色新。
漫道庐山花满眼，东林此日白云深。

桃花开过杏芳菲，百丈红尘入翠帏。
日暮梵钟消歇处，禅房空落雨声微。

一九九四年四月二十五日

后记：

四月中旬访问泰国归来，即接到江西朋友

打来的电话，告之果一和尚圆寂的消息。即吟此两首以为纪念。另有散文《禅房空落雨声微》记述了我与果一和尚的交往以及对他谢世的缅怀。

题九华山中闵园一茅庵

一间茅屋半床云，万顷松涛入梦深。
世事都随风雨去，只留孤寂伴闲人。

一九九四年十一月六日

夜上黄山狮子峰听松涛

每依月色听松涛，鹤唳猿鸣气更豪。
万仞峰头云宿处，天人合一自逍遥。

一九九四年十一月八日

孤山访苏曼殊墓遗址

春梅病语早凋零，鸟语空山尽梵音。
不向孤山求舍利，但凭残冢吊诗僧。

一九九六年四月七日于杭州

游衡山福严寺同大岳和尚谈禅

秋风秋雨满湖南，对坐斋堂细论禅。
座上檀香销俗虑，庭前钟磬叩玄关。
千年磨镜心仍旧，一记鞭牛路更闲。
分芋拈花当日事，如今鸡犬亦升天。

一九九七年十一月十四日

后记：

一九九七年秋冬之交，我与老友张国庆结伴上衡山礼佛，这是我第二次上衡山。我们首先来到磨镜台跟前的福严寺，与寺中住持大岳和尚谈禅。福严寺为南北朝大和尚慧思所建，后又成为禅宗南岳系创始人怀让的祖庭，故有『天下法院』之称。

游峨眉山值雨

为到峨眉品雪芽，三春三月过三巴。
檐桃金顶风兼雨，雾暗青衣①气若霞。
古寺梵钟菩萨道，白云苍狗杜鹃花。
瑶琴②一抚千年后，谁携余音过酒家？

二〇〇一年四月二十一日

注：

①青衣：乐山境内的青衣江，在峨眉山上历历可见。

②瑶琴：美玉装饰的古琴。李白《听蜀僧濬弹琴》中有『蜀僧抱绿绮，西下峨眉峰』，其中『绿绮』即为古琴名。

游重庆大足宝顶山石窟

一入红门即是禅，山魂水魄意萧然。
牧童①得意忘牛日，笛女②无心问俗年。
割紫裁青多佛子，摇光截石薄人缘③。
焚香归去松声晚，秋老渝州月正残。

二〇〇一年十一月九日

注：

①牧童：指石窟牧牛图十幅石雕，以牛喻禅，极尽旨趣。

②笛女：指石窟中一幅乡村少女横笛石雕。少女神情姿态俱美，有『东方蒙娜丽莎』之称。

③『薄人缘』一句：指石窟中关于因果报应之组雕。地狱之情形极为恐怖。如此轻薄人道，应与佛旨相去甚远。

题天台山国清寺

重来国清寺，无言过古桥。
闻钟谁肃立，飞燕自逍遥。
梅老依隋塔，泉幽变越谣。
堂前寻智者，还望白云高。

二〇〇二年五月二十日

暮游五台山龙泉寺

禅院深深树尽苍，玉阶无语接残阳。
庭前闲看玄鸦舞，檐马叮咚忆盛唐。

二〇〇六年十月五日

五台山大慈延寿宝殿忆张居正

细辨残碑落照中，书生意气为谁雄。
难将宰相千秋业，换取深山一记钟。

二〇〇六年十一月五日

后记：

龙泉寺、塔院寺均为五台山中古刹。大慈延寿宝殿为万历七年李太后捐资修建，张居正为之题记。至今碑记尚存寺中，只是碑文剥落，难以辨认。

游恒山悬空寺

朔风送我上天梯，佛国悬空接彩霓。
莫问何年香火断，四山犹自展梵旗。

二〇〇六年十一月七日

后记：

悬空寺，在浑源县恒山第二主峰翠屏峰峭壁之上，造于北魏时期，距今已有一千五百一十五年历史。二十世纪八十年代被列为全国重点文物保护单位，并迁出住寺僧人。从此该寺断绝香火，仅供游人游览。

参观云冈石窟感赋

千尺风沙远雁门，何人凿窟建禅村？
世间信有真功德，直为君王造佛心。

二〇〇六年十一月七日

乌云寺拈香记

拈香犹带雨，转瞬雪花飞。
佛气凝晶片，连山下翠微。
丰年禅事淡，草寺客人稀。
揖别头陀去，苍苍石径危。

二〇〇七年一月二日

后记：

自武汉驱车回英山，午饭后去城郊乌云寺。一连三日细雨霏霏，至下午三时拈香礼佛，雨水突然变成雪花。礼毕，雪花复为雨水，真异事也。

塔尔寺赠喇嘛夏日新尖措①

法轮常转梦无痕，一样菩提百样春。
七色摩尼归佛海，昆仑高耸白云深。

二〇〇八年七月三十一日

注：

①夏日新尖措：藏语，意为佛法的海洋。

题青铜峡口佛塔群①

青铜峡口暮烟稠，犹忆前朝八百秋。
极目凄凉山色外，琵琶声里听甘州。

二〇〇八年八月四日

注：

①青铜峡口佛塔群：亦名一百〇八塔，为西夏王朝中晚期所造。西夏王朝享祚一百九十年，建有不少寺庙及佛塔。

游西安草堂寺

圭峰山下草堂寺，我在门前遇老僧。
闲话寺中瓜豆事，芬芳一路到姚秦。

二〇〇八年八月十二日

后记：

是日，受西安朋友陈维礼先生之约，前往终南山下亚建高尔夫球场享受挥杆之乐。尔后由户县副县长杨帆先生陪同，前往草堂寺参观。草堂寺建立于后秦（亦称姚秦），为鸠摩罗什译经场。罗什于此居住十二年，译经四百余卷，对佛教东植功莫大焉。罗什圆寂后葬于此，至今他的灵塔在寺中完好无损。我来到寺门之前，该寺方丈性谛和尚已迎候于此。性谛木讷，说寺中事皆琐碎。但有件事让我震惊，他的师父前任方丈宏林老和尚于二〇〇五年圆寂时，烧出许多舍利。特别是舌头，完好无损，宛如一条墨玉。传罗什火化时，舌头亦如是。

游终南山净业寺赠本如和尚

下午山中雨，秋花起法筵。
净心先净业，成佛即成仙。
石级苔如昨，禅房云自闲。
赵州茶在手，半醉对终南。

二〇〇八年八月十四日

后记：

五月初，受邀到『三秦大讲堂』讲授《张居正与万历新政》。盘桓数日，得以认识净业寺方丈本如和尚。遂相约择时到寺中一游。八月中旬得以成行。是日，由陕师大出版社社长高经纬、主编刘东风，企业家李声春、陈维礼，陕西民歌手任思谕等陪同，入山门登石级数千步始到寺中。沙弥告知，本如在禅堂等候，禅堂由大雄宝殿往上，再登石级数千步。斯时雨雾满山，山峰幻化，正所谓禅境也。上得禅堂，与本如坐廊庭内，喝大红袍，谈佛说禅，不亦快哉。黄昏将至，雨雾散开而晚霞灿烂。下山前，应本如之请，书此五律以纪之。

参观西千佛洞

千重沙碛日昏昏，此去阳关百里程。
北魏骄阳西夏雪，都因佛气化阳春。

二〇〇八年八月十八日

后记：

西千佛洞在敦煌与阳关之间，距阳关五十公里。西汉时此处为沙州驿。佛教自西域传入，此处是第一站。该处洞窟在党河边上，建造年代与莫高窟（千佛洞）同时。北魏与西夏两个少数民族政权统治西北期间，治窟犹力。原有洞窟百余座，因沙化与坍塌各种原因，现仅存十六座。张大千于二十世纪四十年代去莫高窟小住期间，亦来此描摹，第三、四两窟壁画边上，留有他的墨迹。

武夷山天心永乐禅寺品茶

武夷天下逸，最逸是禅茶。
煮白松间月，烹红岭上霞。
话头皆俗语，杯底见莲花。
兴尽犹回味，清香驻佛家。

二〇〇八年十月二十二日

后记：

十月二十一日，应武夷山天心永乐禅寺方丈泽道和尚之邀，专程自武汉前来品尝禅茶。

武夷大红袍名震遐迩，最初实由天心庵和尚研制而成，自明朝隆庆年间至今，已五百余年矣。天心永乐禅寺乃大红袍祖庭。山下九龙窠有贾平凹先生撰写的《武夷山大红袍记》，我此行是应邀撰写《武夷山大红袍祖庭记》。是夜，秋雨连山，泽道和尚以庙产各种大红袍珍品款待。所有种类，皆曰禅茶。品茶之间，多言禅事。不知夜色转深，雨止月浮。

游古支提寺

霍童山上访支提，却讶山僧示紫衣。
铁佛千尊藏废帝，禁城深掩子规啼。

二〇〇八年十一月二十四日

后记：

支提寺乃闽东古之名刹，有《支提寺志》一书记述甚详。寺中有四件镇寺之宝：永乐皇帝敕赐寺匾、郑和送来千尊铁佛、万历皇帝颁赠全套《大藏经》以及御赐袈裟。我来寺中参观，和尚提供方便，打开门禁，让我一一欣赏。废帝，指建文帝。

勘上金贝村沧海珠禅师之墓

御赐金襕信不疑，扁舟一去即禅师。
国门泪别山门近，沧海龙归夜漏迟。

二〇〇八年十一月二十五日

后记：

接受闽东宁德市委组织部长郑勇民先生邀请，前来考察上金贝村沧海珠禅师之墓。据专家考证，此墓为元末明初之建，乃福建境内最大的僧人墓。因墓之建制特别，加之各种史料佐证及民间流传故事，当地考古工作者疑为建文帝之墓。我实地勘察，亦认为此说有一定根据。但若确定，还需进一步考证。

夜宿赵州柏林禅寺

千年一句吃茶去，引我今宵到赵州。
古佛不来茶客倦，却思大雪月悠悠。

二〇〇八年十二月七日（大雪节）

后记：

趁来石家庄讲学之机，由花山文艺出版社总编王静先生、副主编张国岚女士陪同，与台湾著名出版人吴兴文先生一起专程前往赵州柏林禅寺造访。该寺始建于东汉，因唐代著名大禅师赵州从谂和尚于此驻锡四十年而名闻天下。『文革』后寺已荒废，净慧老和尚发愿重建，寺始新生，且格局更为宏大，信为北国第一巨刹。是夜宿寺中，明影和尚在问茶寮中以普洱茶款待，多谈赵州和尚往事。尔后应明影和尚之请，挥毫写出此诗，是夜月光如水，却正是大雪节气。

访镇江金山寺赠心澄和尚

访禅今又到金山，二月东风柳尚眠。
坡老行香离去后，江流宛转忽千年。

二〇〇九年三月一日于金山寺

后记：

访问扬州期间，受镇江友人邀请，专程过江访问金山寺，并拜会方丈心澄和尚。心澄工书法、诗词，于方丈室话禅片刻，又到寺中书画室泼墨挥毫书『寿光无量』四字赠我，并送其诗集《浮玉清韵》。

花朝上挪步园老祖寺拜会净慧老和尚

何处寻禅迹，深山访上人。
风寒因雨后，花浅近春分。
老祖千年事，幽窗一卷经。
溪头暂揖别，袖底满闲云。

二〇〇九年三月十一日夜

后记：

阴历二月十五花朝节，与几位友人相约去

黄梅老祖寺拜会净慧老和尚。净慧老曾发愿重修河北赵州柏林禅寺，历五载而成，如今已是海内名刹。五年前受邀住持四祖寺，尔后又恢复千年古刹老祖寺，如今殿庑初成。净慧老为中国佛教界耆老名宿，系虚云老和尚弟子。创立生活禅，信众甚多。现任中国佛教协会副会长、河北省佛教协会会长及四祖寺住持。

附 净慧和诗

烟霞深处住，几度见诗人。
茶煮梅泉冷，香焚柏子芬。

门当一鉴水，座拥数函经。
未尽兰亭意，春风送片云。

游河北正定隆兴寺

由隋入宋古招提，六代繁华剩燕泥。
香客不来游客至，梵天冷落夕阳低。

二〇〇九年三月十八日

题洞头中普陀寺

慈航暂泊处，又见珞珈山。
佛不分南北，峰偏恋圣贤。
树如禅杖立，鸟伴烛光闲。
饮罢僧茶别，潮来起暮烟。

二〇〇九年七月十二日

后记：

与画家刘翰、陈惠彪，书法家刘恒，散文家尹汉胤诸友同游温州市洞头县中普陀寺。洞头在厦门南普陀与舟山北普陀之间，故称中普陀。南北普陀为古寺，而中普陀乃二十世纪九十年代始建。创立虽晚，但规制宏大，诚为又一观音宝刹也。

老祖寺开光吉庆呈净慧长老

长忆花朝到寺中，重阳今又上双峰。
雷坛水界还山界，佳气千重复万重。
古佛胜朝开法脉，上人盛世畅宗风。
祖庭旧事谁能记，欣看檐前挂彩虹。

二〇〇九年十月二十六日（重阳）

附 净慧老和尚诗

谢熊召政先生赐诗并依原韵奉和。

经年老病卧山中，几度文光照远峰。

佳句吟来禅一味，墨香洒作露千重。
闲云松挂思今雨，老祖堂开效古风。
众志成城天作证，霞光万道化长虹。

恒昌道友过访闲庐，吟此以赠

谁为四祖寺中人，尽日幽窗一卷经。
每对闲云思正觉，阶前落叶自纷纷。

二〇〇九年十一月七日（立冬）

后记：

恒昌原系作家、新华社记者，有专著问世。十年前出家，随净慧老和尚入住四祖寺，并担任《正觉》杂志主编。出家后用五年时间颂完《大藏经》，并闭关两次，向佛之志弥坚。今日由汪盛伟乡党陪同来闲庐过访，畅谈生活禅，生大欢喜。中午在家中设素宴招待，尔后品饮天心永乐禅寺大红袍。临别时，泼墨挥毫，赠此七绝。

恒章禅师和诗四首

其一

尔来本是大唐人，百劫春秋曾几经。
雨洗闲庐三世觉，寒梅桂树笑缤纷。

其二

现前清净岂常人，产地天开三藏经。
幻化支行唯念觉，梨园一派雪纷纷。

其三

红尘滚打炼真人，沧海桑田已历经。

介尔心空归大觉，悠然散去任纷纷。

其四

苍天慧眼识真人，喜舍东湖供写经。
支锦铺张残梦觉，长藤老树解纠纷。

为四诗僧造像

寒山

两只芒鞋轻踏过，别家社稷别家春。
书生不走回头路，走进寒山卧白云。

姚广孝

灯下经书掌上兵，君王不解大悲心。
可怜杀气侵梵鼓，何处苍生吊鬼神。

苏曼殊

舞剑吹箫对艳妆，三生花草梦钱塘。

僧衣葬我原无悔，收拾残生付锦囊。

虚云

高旻寺里漏声残，衲子拈花雪满山。
风雨六朝都过尽，头陀只住赵州关。

二〇一〇年一月一日于闲庐

后记：

元旦假日于书斋中度过，读寒山诗，颇倾心于诗中禅味。由此而想到诸多诗僧，故随意写出四人。

古卓刀泉寺山门落成

寒梅且喜作芳邻，古寺重开不二门。
烈士卓刀菩萨道，头陀扶杖稻香村。
禅机愈近戎机远，新雨才消旧雨临。
漫道中原山易老，红尘漫处听梵音。

二〇一〇年一月二十三日

后记：

己丑腊月初九，位于武昌城伏虎山麓的古卓刀泉寺举行山门落成典礼。此前，应该寺住持法云和尚之请，我为之写《重修古卓刀泉寺记》。此日参加庆典，得此八句。

春节入净业寺

入门我比春先到，披雪山中访画僧。
曾记前年秋月下，住山佬处卧闲云。

二〇一〇年二月十七日

后记：

庚寅大年初一，净业寺住持本如用手机发来他的拜年诗：『终南一夜雪，如入琉璃界。雪落空山寂，寺角有寒梅。』并邀我来山中赏雪。正月初三，我即携家人来西安，初四在友人永庆、维礼、东风、庆仁、慧波等陪同下同上净业寺。本如知道我来，一宿未睡，画《山寺大雪图》见赠，我即写此以答谢。

净慧上人

年关即是赵州关，春气从容到寺前。
绕殿径寻香溢处，雪烟浓处起茶烟。

附 净慧和韵

赵州桥畔赵州关，千古禅流少到前。
识得茶堂三转识，渔翁高卧枕云烟。

谢净慧老和尚赠善琏湖笔

晨点烟云夜蘸霞，三生梦想笔如花。
上人愿力今凭借，好写菩提处处家。

二〇一〇年五月一日

附　净慧和韵

眼底流云经百代，如椽妙笔灿莲花。
新书诉说前朝事，导正民风赖作家。

欣闻释迦牟尼佛顶舍利重光大典于南京栖霞寺举行

银椁金棺藏佛顶，梵钟法鼓动南京。
千年每听潮音旧，一夕惊闻舍利新。
惟愿慈悲融盛世，欣看锦绣出丛林。
诗情五月初三满，遥望栖霞话报恩。

二〇一〇年六月十三日

读净慧和尚大作《生活禅钥》

忽浓忽淡越千年，当下应参生活禅①。

一法能生无量义②，大悲心里月常圆。

二〇一〇年八月十二日

注：

①生活禅：生活禅由当代著名高僧净慧提出，他住持河北赵县柏林禅寺期间，倡导以『觉悟人生，奉献人生』为宗旨的生活禅，在社会上产生广泛的影响。

②『无量义』一句：四祖道信禅师在《入道安心要方便法门》中曾经说道：『众生根有无量故，所以说法无量；说法无量，说法无量故，义亦名无量义；无量义者，从一法生。』

附 净慧步韵

獦獠佛性响千年，生活禅参六祖禅。

无量佛门无量义，长空皎皎月常圆。

九月初六纪事

闲庐独坐雨纷纷，简策搜寻讶叩门。
但煮红袍迎远客，画僧才到又书僧。

二〇一〇年十月十三日（九月初六）

后记：

今日雨中，四祖寺僧人明鉴来访，携画百余幅让我欣赏。眼福才饱，卓刀泉寺住持法云又持所书《心经》造访。我不曾邀约而两位僧友先后而来，诚逸事也，诗以纪之。

题明鉴和尚《烟恋飞瀑图》

云瀑曾飞破额山[1]，禅关一过尽烟峦。
几多衲子回头望，依旧清流在眼前。

二〇一〇年十月十三日

注：

①破额山：即黄梅四祖寺后山也，与江西庐山隔江相望。明鉴追随老和尚净慧禅师，于此寺出家。

游清源山并谒弘一法师舍利塔

几日偷闲到闽南，清源与我共云烟。
家家法窟供人眼，处处弥陀证夙缘。
磴道千寻藤接雨，摩崖百尺鸟参禅。
塔前回首来时路，无限生机在海天。

二〇一〇年十月十九日于泉州

游鼓山涌泉寺怀虚云老和尚

一入禅门见性情，泉声渺处望虚云。
人间多少空皮骨，不解丛林植慧根。

二〇一〇年十月二十日

后记：

一九九八年秋，我第一次游涌泉寺，见禅林清幽，甚欢喜，此乃虚云老和尚出家之处，倍觉亲近。此番二度来游，已觉禅修之地变成景区，香火虽旺，然庄严略失。虚公倘乘愿归来，不知有何感想。

附　净慧和诗二首

我亦名山三度情，何期清气渺烟云。
人间每重蝇头利，不觉乾坤断慧根。
闽中法窟有深情，烟水百城忆老僧。
饮水休忘锄井汉，佛山日日长灵根。

四祖寺千僧斋祈福大法会即赋

佛乡常在稻花香，一过花桥兴转长。
秋经九月黄花老，斋宴千僧白饭香。
震旦诸山多法乳，双峰禅席聚瑶光。
他年此日成追忆，尽把诗情付锦囊。

二〇一〇年十月三十日

后记：

为响应黄冈市举办大别山旅游节，四祖寺方丈净慧大和尚发起『千僧斋祈福大法会』。

中国佛教协会传印大和尚及诸山长老率两千余名僧人前来共襄其盛。场面宏大、华盖庄严，此乃湖北省六十余年来佛教界第一大盛事。

夜宿香山，得见金珂玄雷金刚上师般若神通，即兴吟此

盛世开元后，金刚智不空。
一声安可乐，三界妙相融。
圣境通唐密，人间化虎龙。
春风今夜起，玄雷破晓钟。

二〇一〇年十二月十一日（冬月初六）
于香山卧佛山庄

谢净慧老和尚手机发送『每日禅语』

雨洗前坡月近山，桃花如梦卧轻寒。
娇莺一呖龙蛇醒，水满田畦绿满川。

题摄影《和尚割麦图》

行脚山中看麦田，眼前雨意手中镰。
祖师西去谁留下，四面风来尽是禅。

二〇一一年三月二十日

参观阎河柏子塔

大地苍茫冬夏春，九龙岗上石如鳞。
传言唐寺收王气，残塔空余忆旧尘。

二〇一一年三月三十一日晨

大洪山慈恩寺金顶落成开光仪式并赠印顺方丈

未见慈恩金顶寺，空言极目楚天舒。
清风三界传梵鼓，喜雨千峰聚宝珠。
花叶前朝埋史籍，维摩后世续悬壶。
莫愁旱魃摧江汉，甘露如涛济万湖！

二〇一一年五月三十一日于金顶

后记：

大洪山慈恩寺乃唐时古刹，其址在大洪山

主峰宝珠峰上，惜年久失修。三年前，随州市领导诚聘深圳弘法寺住持印顺大和尚前来担任方丈并主持丛林恢复工作。印顺欣然应命并于去年春开始慈恩寺金顶重建工程，历时十三个月告成。辛卯初夏，请来诸山长老高僧大德举行开光仪式。其时长江中下游数省大旱，湖北之洪湖，江西之鄱阳湖，湖南之洞庭湖水量锐减，多处湖底干涸如草原。开光之日，喜雨如期而至，且祥云缭绕，十方信众，无不欢欣。

随州大洪山金顶落成开光。

附 净慧老和尚和诗

初参慈忍洪山寺，万岭千山一望舒。
好雨知时怜草木，梵宫极顶耀明珠。
禅心默照传天下，胜土宏规入宝壶。
慧日慈风襄盛世，悠悠云水走江湖。

二〇一一年五月三十一日

过通天河白塔渡口即事

香车从此别，玉女渡沧波。
谁解胭脂泪，能销铁血戈。
尽将家国梦，付与眼前河。
千载倏然过，芳名永不磨。

二〇一一年七月十五日

后记：

通天河乃长江上游，紧连长江源头之一的沱沱河。其址在青海省玉树藏族自治州境内。

当年文成公主受唐太宗之命，远嫁藏王松赞干布。自长安出发，经甘肃天水、青海西宁、日月山、玉树等地而到此渡口，不觉五千里之遥。在此渡口，护送文成公主的唐使返回。而公主尚有两千里之遥才能到达拉萨。告别故土，揖别使者，公主之心情，凄恻可知。但她与松赞干布之联姻，亦成千古佳话。文成公主赴藏路途沿线，后人莫不立庙立像纪念，而此渡口之白塔，亦为纪念文成公主所建。

参观嘉那嘛呢石经城

石不能言解大悲，艰难不与佛心违。
大块文章从此见，一来心地起风雷。

后记：

嘉那嘛呢石堆在青海玉树县新寨，始建于公元一七一五年，距今有二百余年历史。兴建者为结古寺一世活佛嘉那，故名。嘛呢石堆用刻有六字真言的嘛呢石垒成。历代虔诚的信徒仿效嘉那活佛，反复诵读六字真言，并刻于石上送到嘛呢石堆。日积月累，到现在已有二十五亿块之多，垒成了一座石城。上海大世界吉尼斯总部称其为『面积最大的嘛呢石堆』。

游东方山赠正慈和尚

东方山乍到，直上药师峰。
满眼花如蝶，盈怀路似龙。
琉璃清净地，尘界古梵宫。
空翠娱人后，崎岖剩几重。

二〇一二年四月十七日

后记：

正慈和尚乃黄石东方山弘化禅寺住持，亦担任中国佛教协会副会长、湖北省佛教协会会长。承他美意，屡屡相邀，遂在省政协民族宗教委周主任的陪同下前往东方山拜会，正慈和尚讲述他欲将东方山建成药师佛道场之宏愿，听来深感愿力恢宏。参观完毕正慈和尚请我留墨，遂即兴吟此。

和黎晓宏先生《碧云寺》并呈罗辉先生

何处诗人醉暮天，芒鞋踏处涌红莲。
官家忽变维摩地，词馆能藏贝叶禅。
雨夜榻中连雪夜，慧泉殿角引山泉。
雾霾虽掩寻幽路，难挡头陀古寺缘。

二〇一三年三月六日于北京

和黎晓宏先生《龙兴寺》

慈悲救世亦英雄，佛国兴衰渺若鸿。
古寺烟云谁体会，龙藏意象转头空。
唐风宋骨千碑旧，贝叶菩提一脉通。
今日禅门盈法乳，太行西接大河东。

佛光山听星云大师谈禅

师说禅门不二门，随缘聊法见天真。
谁知心力飞花雨，云在青天月在瓶。

二〇一三年六月二日

后记：

六月二日上午，我们专程去佛光山拜会星云大师，受到星云大师热情接待。星云大师说：『鸿忠书记是大陆来佛光山参观的最高级的官员。』座谈之后，星云大师又设素筵招待。席间鸿忠书记关于『心力』之表述，引发星云大师关于禅门的开示，于风趣幽默中表达佛家真谛。

贺正慈和尚升任五祖寺方丈

此日禅风沐祖庭，诸山长老护《坛经》。
欣迎古寺来新主，法驾升时起彩云。
上界钟声下界闻，云边法鼓水边听。
慈航屡见孤舟去，谁解沧波摆渡人。

二〇一四年十二月七日

第二辑　旧雨亲情

答友人

谁把闲花陌上寻，险峰我辈独登临。
堪怜买宠妆媚骨，岂为虚名易斗心。
寒气纵难红豆发，方巾不作《白头吟》。
诗情愿共三春雨，浇出中华锦绣林。

一九八〇年二月二十一日

新婚赠妻

红豆应知南国恨，一枝千载尚传情。
沈园离梦声声怨，川女愁怀夜夜琴。
书剑匡山寒石骨，诗囊马背老梅心。
豪情如绢千缫白，裁作春衣独赠君。

一九八二年三月八日

后记：

夫人邱华，恢复高考后首届大学生，俗称『七七届』，乃中南财经政法大学（当时名为湖北财经学院）工业经济系会计专业毕业。我俩结婚时，未添置任何家具，衣物、书籍均放置在几只纸箱内。朋友们戏称我们生活在『纸器时代』。

寄广州友人

记否低檐浊酒逢，半江晚照一江钟。
倏然紫夜圆离梦，迢递青山又转蓬。
黄鹤欲飞常隔雨，五羊吟思不随风。
知心若问心何处，心在青铜社稷中。

一九八三年八月十四日

清明悼先父

慈亲魂系菩提树，欲证虚无可问谁？
梦断羲和敲日处，满山红泪子规啼。

一九八七年四月五日（清明节）

后记：

父亲于一九七七年三月二十七日逝世，离六十岁生日差一个月。不觉十年过去，其间我的生活发生了天翻地覆的变化。结了婚，有了儿子，并离开故乡定居省城。但每每想到父亲，就怅然而生哀痛。父亲童年失怙，少年从师学艺，学成木匠。一生命运多舛，屡遭打击。天命之年，放逐农村。患病无钱医治，终至沉疴。去世时家中四壁萧然，幸得好心人相助，才草草收葬。十年来，我常常想写诗悼念他，却总未写成，原因是亲情太深，提起笔来，不知从何说起。现在，又临他去世后第十个清明节。整整一天，眼前总浮现那一堆隆起在我们全家的放逐之地——四顾墩山上的黄土。恻恻之情，使我不能自已。吟成此绝，却依然有一个谁也无法回答的问号。不知父亲的灵魂是否安息？

初冬雨中感怀寄长沙李元洛

雨落洞庭北，河山一夜秋。
诗情随地气，心事系风楼。
古道无班马，清波有钓钩。
记曾山月下，杯酒傲王侯。

一九八七年十一月五日

后记：

李元洛，著名诗评家、散文家。曾担任全国首届新诗大赛评委，对拙著《请举起森林一般的手，制止！》奖誉有加。我们相识于一九八一年春全国首届新诗大赛颁奖会上，从此以后，我们便成了挚友。

赠洛夫两首

磨剑黄河过，长安第九仙。
豪情如枥马，伤国又伤关。
酒逢知己少，诗为天下先。
奇哉洛夫子，老更发惊弦。

一只衡阳雁，南飞四十年。
樽前敲日客，笔下瘦蛟涎。
天地青衫薄，江湖白发寒。

楼头能聚首，痛快拍栏干。

一九八七年十一月二十九日

后记：

洛夫，原名莫洛夫，台湾著名诗人。

一九八七年，我与他开始通信论诗，亦在他主编的《创世纪》诗刊中多次发表作品。

一九九〇年，他借游三峡之机，买舟东下，专程来汉与我会晤。除这两首诗外，我尚有长诗《黄鹤楼赠友》赠他，他亦写《登黄鹤楼——赠湖滨诗人N.N》赠我。

怀母

几回梦里见慈颜，三月拘囚拜寿难。
燕去危巢谁反哺，我今挹泪对寒衫。
五更冷梦怀孺子，八面惊风见血斑。
七十二年千茎白，一青一白一辛酸。

一九九一年三月三日

后记：

吾母与岳父二老诞辰同在农历正月廿五，

今年因事不能亲往祝寿，只得遥望家乡赋诗两首，表达孺慕之情。

赠邱华七首

吾妻邱华与我荣辱与共，肝胆相照。这几首诗或依事，或依情写出，权作纪念。

其一

咫尺天涯苦忆君，万千忧患血如焚。
杜鹃有泪啼空谷，青鸟无言对断琴。
结发九年惭愧我，盟心一寸总痴情。
柔肠百结归来日，共剪春光庆纸婚。

一九九一年一月二十二日

其二

南冠最怕说团年，怅望长空泪不干。
稚子牵衣询父讯，高堂掩面见儿难。
蹉跎愧我难酬国，奉养劳君抑苦颜。
今夜有家归不得，只将热梦寄江南。

一九九一年二月四日（除夕夜）

后记：

此日收到邱华送来新织毛衣，睹物思人，情不能禁。

其三

羊年第一团圆日，雪后还阴雨放迟。
孤枕始知离别苦，隔江犹有望君诗。
细看雁字传心曲，摊破新愁忆旧时。
红豆一瓶曾携赠，只因此物最相思。

一九九一年三月一日（元宵节）

后记：

是日收到邱华送来的水果及衣物，短裤缝中不起眼处写有我的名字，认得出是邱华笔迹。不免更勾起我思念之情，记得四年前我去海南，曾携回红豆一瓶赠她，以示情心。

其四

情缘初定十年前，乍起风波识寸丹。
小楷《离骚》书永夜，长谈忧患辩尧天。
滇南秋月和烟寄，故梦临盆借泪弹。
吾儿早产虽羸弱，且喜能知孟母贤。

一九九一年三月二日凌晨

后记：

元宵节彻夜不眠，忆及我与邱华新婚第一年之生活，畅谈国事，共书《离骚》，后我去中越前线采访，她在家早产，十分受苦。

其五

蜜月曾经住小湾，高山流水后花园。
苍街落照寻诗趣，老屋深宵醉少年。
恻隐心从农女泪，清游兴发古墟烟。
谁言出谷清泉浊，君梦澄明已十年。

一九九一年三月二日

后记：

此诗所记，皆蜜月中事。后花园乃地名，

在大别山天堂寨下，文友王介贤家住此，我与邱华曾前往小住数日。

其六

十五年前迹可寻，每回携酒哭青春。
与君劫后初相识，戴雪河头论古今。
声气追求同一辙，国家兼爱事双亲。
夫妻后而先知己，男女书生有至情。

一九九一年三月六日

后记：

是日写完《赠维维》，情不能禁，忆当年与邱华结识之情境，皆历历在目。

其七

最怕分离却别离，梨园一系望中思。
苍茫似我千峰月，隽永如君一首诗。
屈子牢骚伤去日，卢梭《忏悔》待来时。
文君司马常相爱，岁岁年年总不迟。

一九九一年三月十三日中午

挽郑克诚师长

风嗥雨啸病诗人，讣闻一听又惊心。
沙场百战轻生死，冤狱三年骂贼臣。
青发离家归白发，国魂到老是乡魂。
已迟半载哀无泪，挟悲遥揖哭将军。

一九九一年九月一日

后记：

家乡来人，告之郑克诚师长逝世已半年。郑师长为一九三五年参加革命的老红军，『文革』前担任福州军区某部师长，一九六九年因冒犯康生而身陷囹圄，出狱后被解军职，遣送还乡。至一九七九年始得平反，但仍在故乡养老。七十年代初，我即与郑师长结成忘年交。每论国政，慷慨淋漓。我调武汉工作后，过从渐稀，但仍常常互相问讯。乍闻将军谢世，不免黯然神伤。

山居寄诗友叶文福

中年热血耻言贫，每对青山忆故人。
篱畔黄花独能耐，几根傲骨向霜擎。

一九九二年二月二十日

后记：

叶文福，湖北赤壁人，著名诗人。一九七九年发表长诗《将军，不能这样做》，在诗坛引起轰动。一九八〇年，我们初会于江城，遂结友谊。一九九二年，我们重逢于湖北省文联客室，细谈近年彼此遭遇，恍如梦中，对坐唏嘘。

鸡年前夕寄赠舒畅先生贺岁两首

三更月色五更鸡，争作神州杜宇啼。
白发萧骚能织锦，拈花未必得玄机。

玩偶阵中堪博弈，还从茶室觅灵犀。
蟹肥应是归乡日，烟雨中原有酒旗。

一九九二年十二月二十七日

后记：

舒畅，武汉市人，旅台老作家。《玩偶》、

《那年在特约茶室》均是舒畅先生的小说名篇。先生嗜酒，每次归乡，我们均要借酒论文，酣畅淋漓一番。

贺骆文老八十大寿

执掌骚坛四十年，文章道德胜前贤。
常怀正气心平静，每携慈悲笔自然。
度尽劫波人更寿，摒开名利俗全删。
鹤飞窗外尘缘歇，只伴闲云看远山。

一九九四年十一月二十日

后记：

骆文，诗人，作家，原湖北省文联主席，湖北省作家协会主席。一九八〇年元月，正是由于他的卓识与提携，我的政治抒情诗《请举起森林一般的手，制止！》才得以在《长江文艺》上头条发表。

哭徐迟师六首

噩耗传来铁马嘶，山河一恸为吾师。
危楼一跃寒霜哭，何计天鹅殁楚池。

明月孤悬鸟雀稀，江南江北雁声悲。
先生既涉忘川水，游子天涯空泪垂。

居家如在深山寺，不识红尘乱舞衣。
旧日知音几存殁，孤栖独卧雁来迟。

幻灭书中遗嘱在，自将孤愤织灵旗。
诗情惟寄祁连月，哪肯尊严换浊泥。

八荒穷极思参差，锦绣文章一代师。
彩墨涓涓心上血，花枝又是傲霜枝。

噩梦传来无定时，万斛哀思一捧灰。
欲访轮回消息断，天上人间两不知。

一九九六年十二月二十三日夜

后记：

一九九六年十二月十三日晨，我在上海接到电话，徐老于昨夜，即十二日十二时，在武汉同济医院住院部六楼纵身一跃，结束了生命。乍闻噩耗心绪骤乱，哀伤至极。十月间，他曾将巴尔扎克《幻灭》一书送我，嘱我认真读第十节《大路上的奇遇》，我虽读过，但未深究。昨日与徐老家人一起在武昌殡仪馆送徐老远行，归来重读《幻灭》第十节，才明白老师早已萌生了弃世的念头。他选择十二月十二日十二时跳楼，我揣摩他是将三个十二相加等于三十六，以应古人之说『三十六计走为上』。由此可见，徐老到死都是诗人情怀。

赠曾卓两首

一个江城听笛人，梅花五月上衣襟。
莫言八十秋风老，又听春歌满洞庭。

漫道当年嚼劫灰，也曾拥座听风雷。
如今斗室来青鸟，尽把朝霞换落晖。

一九九九年四月二十日

后记：

春末之时，惊闻曾卓老因怀疑患上肺癌而

入住同济医院。旋约徐鲁一块去医院探望，只见卓老红光满面，谈笑风生，全无病态，并戏言要我送旧诗给他，归来遂有此作。

寄刘湛秋

前年色变闻车祸，今日扶难济湛秋。
寄语京门诸义士，解囊不怕阮郎羞。

二〇〇〇年九月十六日

后记：

刘湛秋，著名诗人，余之故友。前年因驾车撞伤一青年，造成对方高位截瘫，法院判决为湛秋责任，应巨额赔偿。湛秋一介书生，哪得如此巨款支付。京城朋友遂热心为其组织募捐酒会，有许多友人参加。余因远在武汉不能赴会，遂托人代为捐资，并赋此小诗一首。

答友人询近况

漫道《汉书》能佐酒，空言红袖助禅思。
我今故纸堆中坐，风雨雷霆细嚼之。

二〇〇〇年九月十七日

后记：

友人康晓阳自加拿大发来『伊妹儿』询余近况，赋此以答。故纸，乃明代典籍，备为写作《张居正》之用也。

奉和岳父《古稀抒怀》两首

古稀欣遇好年辰，狂舞金蛇世纪新。
忧患长存人更寿，风霜历尽笔添神。
兴来诗友勤研律，归去渔翁不问津。
短啸长吟歌有味，一花一叶足堪珍。

懒向经书问古人，静看车马走红尘。
山中岁月花开早，心底渔樵笠满晨。
眼界欲宽迷圣哲，世间何处获麒麟。

青山绿水行吟地，大泽龙蛇自有春。

二〇〇一年二月二十一日于武汉

送熊维赴加拿大留学两首

浦东惜别白云深，十八男儿出国门。
学问欲添身欲健，风霜从此一肩承。

落基山脉千秋雪，黄鹤楼头一片云。
今日扶摇游学去，八荒穷极学鹏鲲。

二〇〇一年八月二十四日

后记：

二〇〇一年八月二十三日，我与邱华送稚

子熊维出国留学，一家三口飞赴上海。翌日下午三时，与熊维惜别于浦东国际机场。

谢何镇邦先生赐饮大红袍

冬月京华冷，红袍独煮春。
千秋名士气，一夕故人情。
春向丹山老，香随碧水萦。
何时重乞火，对月话胸襟。

二〇〇二年一月十二日

后记：

何镇邦，著名文学批评家，谙熟茶道，有『京城第一茶客』之称。

杭州欣逢孙毓霜先生

穿过高空大气流，与君相会在杭州。
把杯楼上听春雨，漫步堤间说鹤俦。
以我禅思烟水阔，对君襟抱蓼花秋。
明朝结伴寻诗隐，曹娥东去海西头。

二〇〇二年五月十八日

后记：

孙毓霜先生为长城润滑油集团公司总裁，

商政之余，亦雅好旧体诗词，有《砾石集》《碎石集》《孙毓霜诗词选》等问世。

题刘心宇北京新居

英雄策马蓟门开，几杵梵钟洗客怀。
两岸烟林擎日远，一河紫气送春来。
米珠薪桂谁能量？玉烬兰膏我展才。
坐拥湖山鸥鹭至，天天都在凤凰台。

二〇〇二年十二月二十三日

后记：

老友刘心宇君，移居北京已逾十年，新近购得紫竹苑湖边豪宅，紧挨明代万寿寺。居其家中，可看湖波浩渺，河水萦回，远近烟林，宛如图画，此乃旧京蓟门烟树之景点也。

谢王春瑜先生赠书

读罢先生四书本，如闻木叶下庭除。
吹箫弹剑呼民主，怒发冲冠骂犬儒。
我哭我歌文更辣，花开花谢月常孤。
前朝有话终闲话，一碟茴香酒半壶。

后记：

王春瑜先生系著名历史学家，其杂文、随笔亦自成一家。曾赠我《古今集》《续封神》《铁线草》《老牛堂札记》等文集四本。

戏赠王春瑜先生

久居北地忆江南，最忆江南雨夜船。
两岸桃花如酒令，半帘幽梦上诗笺。
几多社戏烟村里，一夕胭脂画舫间。
老汉卖文无别事，只为积攒买春钱。

二〇〇三年八月十八日

后记：

阿城金都笔会期间，与王春瑜先生朝夕相处五日。向他请教明史中诸多问题，两人对晚明文人的生活都心向往之。一日，王先生笑曰：『老弟能以晚明文人风格为尚，作一诗乎？』答曰：『这有何难！』遂有此诗，游戏之笔也。

哭友

冷月如钩寒意近，故乡何处梦堪温。
放翁一死空投笔，蜀鸟千寻苦唤春。
耻说英雄成草寇，谁能异域为招魂。
可怜文苑登龙客，不作狂人作小人。

二〇〇五年十二月八日

赠何祚欢

人生难得欢如昨，欢乐何人度此宵？
粉墨未施惊汉调，笑口常开变楚谣。
常山不朽英雄舌，优孟从容羽扇娇。
最喜书生心境好，酒肠老去胜儿曹。

二〇〇六年一月十八日

后记：

何祚欢先生是湖北享有盛名的评书表演艺术家，亦是小说家。有《何祚欢文集》问世。

席间戏赠邵秉仁先生

酬酢归来一首诗，长安走马意迟迟。
锦州太守何相似，应允唐朝杜牧之。

二〇〇七年五月二十八日

后记：

邵秉仁先生历官三十余年，担任过铁岭市市长、国家经济体制改革委员会副主任、国家电力监督委员会副主席等职。去年从领导岗位退下，又担任中国书法家协会副主席。其书法、诗词均有造诣。五月二十八日，与其宴集于京西颐和园之侧的颐昌会馆，吟此以赠。因他担任过锦州市委书记，故有锦州太守之戏称。

哭母

朝闻噩耗心如裂，夕到家门泪已多。
不信慈颜成永隔，娘亲一念一滂沱。①
如潮往事倍神伤，一抚灵棺一断肠。
苦难揪心催白发，平安一夕即天堂。②
最忆吾家彻骨贫，疗饥野菜伴残羹。
为儿招待文坛客，乞借邻家米一升。③
衰年老父凄凉甚，无药无钱治病身。
永记严冬残夜里，菜油点亮读书灯。④

晚来无悔别家山，一住江城二十年。
助媳抚孙欣受累，万般辛苦作甘甜。⑤
一刻锥心半世殇，往生路上月茫茫。
年年此日菩提下，独对丘山忆我娘。⑥
二〇〇七年七月七日至二〇〇七年七月十二日

注：
①二〇〇七年七月六日上午九时，我在深圳参加今日投资有限公司董事会。刚走进会议室，就接到弟弟从家乡打来的电话，告知母亲于五分钟前逝世，顿时心如刀绞。母亲于二

○○四年患老年痴呆症，卧床近三年，神智不清近二年。五月一日我还专门回英山看望她。没想到这次探视竟成永别。我惊闻噩耗，即买中午十二时的班机飞回武汉，然后从机场乘车直接返回英山，到家已近下午六时。

母亲徐凤英，生于一九一九年二月二十五日（己未正月二十五日），卒于二○○七年七月六日（丁亥年五月二十二日）。

②母亲一生充满苦难，童年丧父，结婚不到一月，新房即被侵华日寇的飞机炸成废墟。

从此上无片瓦、下无寸土。解放后因受舅舅、父亲的『历史问题』牵连，屡遭困厄。又因子女众多，生活维艰，六十岁前，未过一天舒心日子。

③一九六九年，我家由县城迁往农村，被视为『黑五类』，全家受尽折磨。春荒时节，常以野菜充饥。一九七三年春，我向县文化馆《山花文艺》投稿，被文化馆创作干部看中，遂下乡找我。两位编辑到家，正值家中无粒米之粮，母亲出门告借，跑遍三个塆子，才借到

一升米（约两斤）。从大门拿进来唯恐客人看见，只好从后窗递进。窗格太窄，米升拿不进来。母亲站在窗外，一把一把地抓，患病的父亲在窗里一把一把地接，我则站起来，挡住客人的视线。

④父亲熊大羲（一九一七年三月七日—一九七七年二月十七日），木工出身。下乡前就患有严重的哮喘病。在乡下病情日益严重，不要说无药无钱治病，就连最起码的营养也无法保证，常常想喝一口白粥也成为奢望。即便

这样，父母双亲大人仍咬紧牙关支持我自学。一九七四年冬，我借到一本《文心雕龙》阅读，期限为七天。到了第六天，书还有一小半没读完。读到半夜，煤油燃尽。母亲见我焦急，便将家中仅有的二两菜油倒进灯壶。我虽然借着复燃的灯光读完了书，但家中却整整十天没有吃油。可怜重病的父亲，也陪着我们天天吞咽白水煮萝卜。每每回想这件事，便觉愧对双亲。

⑤我一九八二年由英山县文化馆调到武汉

任省作家协会专业作家。同年，儿子熊维出生。母亲为了照看孙儿，毅然迁居武汉。婆媳、祖孙相处二十余年，常年欢声笑语。这一段岁月，母亲虽然忙于家务，扶养孙儿，万般辛苦，却是她生命中最为愉快的日子。

⑥我二〇〇五年四月十一日获得第六届茅盾文学奖时，母亲已昏迷数月。当弟弟俯在她耳边告诉她这一消息时，她忽然睁开眼睛说了一句话：『他吃了多少苦啊，不容易啊。』说完，又昏迷过去。弟弟告诉我这个奇迹时，我

不禁热泪夺眶而出。母亲啊，吃苦的不是儿，是您啊！母亲是虔诚的佛教徒，相信有来生，我也希望有来生。母亲啊，如果有来生，您还是我的母亲，我还要当您的儿子。

初到汉中赠文友王篷

汉水嘉陵河两道，秦岭巴山路七条。
人杰地灵风物好，不逍遥者也逍遥。

二〇〇七年十月十二日

后记：

王篷，著名作家，陕西省作家协会副主席，汉中市文联主席。我来汉中寻访三国遗址，他一路陪同，提供许多方便。

席间赠广元诸友

媚娘去后江还在，水绕山依草木娇。
相约明年重到此，秋雨滩头听伯劳。

二〇〇七年十一月十二日

答广元问君楼楼主桂勇

何时独上问君楼，山自轻盈水自悠。
快意人生须把盏，三分醉后看吴钩。

二〇〇七年十一月十三日

赠阆中市长蒋建平先生

桓侯①一去千年后，无尽风华说保宁②。
今日英雄仍辈出，不从戈马展经纶。

注：

①桓侯：蜀将张飞的谥号，被部将杀害于阆中。

②保宁：阆中古地名。

成都武侯祠赠谢晖先生

武侯祠里访英雄，桂菊参差锦色重。
莫道沧桑凝蜀史，开山仍数汉时功。

后记：

谢晖先生，成都武侯祠博物馆馆长。我拍摄电视纪录片《风云三国志》的时候，受到他热情接待。

戊子正月初二寄汉胤

我是江南旧钓翁，人生淡定与君同。

何时收拾行囊去，傲啸云山唱大风。

二〇〇八年二月八日

后记：

尹汉胤，书法家，散文家，供职于中国作家协会创作联络部，为美术大师尹瘦石公子。与我交往甚笃。

悼柏杨

白发萧萧斥酱缸，香江一夕月如霜。
抚棺却恨涛声阔，独在长安悼柏杨。

二〇〇八年四月二十九日

后记：

四月二十九日，惊闻柏杨先生逝世，予时在西安讲学，吟此四句以悼。自一九八九年至一九九二年，一连三年，我都收到柏杨、张香华夫妇寄来的拜年帖。二〇〇三年六月，非典刚过，应香港国际书展组委会邀请，我与柏杨先生首次晤面。莅港第一天，金庸先生于香格里拉酒店设晚宴招待，席间谈及大陆与港台地区中华文化，柏杨痛斥传统文化为『酱缸文化』，激愤之情溢于言表，有人以『当代鲁迅』誉之。

赠日本友人石川岳堂先生

一曲筝声花落去，江城五月故人来。
王家禅意何家字，尽绽奇花次第开。

二〇〇八年五月二十九日

后记：

第十九届中日友好诗书展暨第四届中日诗书论坛于二〇〇八年五月二十九日上午在武汉中南民族大学开幕。日本的诗人书家来了二十二位。全日本汉诗会会长石川岳堂先生为团长。他诗慕王维，书法景仰何绍基，于两者之间用心多年。中午中方设宴招待，席间由古筝专家弹奏古曲《高山流水》以襄其盛。我即兴吟此四句以赠。

题李乃蔚《春山行旅图》

竹外溪流石上春，不知何处有红尘。
书童且担烟云去，细雨骑驴过剑门。

二〇〇九年一月二日

后记：

李乃蔚先生乃武汉画院院长，善山水，尤擅工笔人物。元旦期间，友人将乃蔚新作携来求题。

贵阳赠友

少年屡梦到花溪，倚树云中听鸟啼。
今到贵阳逢旧雨，虹在东山月在西。

二〇〇九年五月二十五日

游玉蟾山归来席中赠友

玉蟾山上树亭亭，佛地花光带梦痕。
相遇酒乡须把盏，锦城谁忆未归人。

二〇〇九年五月二十八日

赠龙桥守护人张云飞

江头戴笠踏波涛，风雨经年访旧桥。
身在龙乡为赤子，沧桑深处路迢迢。

二〇〇九年五月二十九日

听赵家珍弹古琴

阳关月色潇湘雨，暂抚丝弦慰客心。

一曲未终春已老，五湖烟水到孤樽。

二〇〇九年六月二十七日

后记：

昨夜自武汉乘火车来京参加邵秉仁先生书法作品展开幕式。下午，老友刘心宇开车来沙滩中国美术馆接我，去参加一家瑶琴馆开业仪式。于此听到古琴大师赵家珍女士用宋琴弹奏

《阳关三叠》与《潇湘水云》两曲，不觉心添古雅，禅意萌动矣。

曲江别馆听刘志刚先生弹古琴

茶烹秦岭雪，酒赊洞庭月。
雁声渡汉水，一阕复一阕。
阳关思故人，三叠复三叠。
愿持塞下曲，杯酒与君别。

二〇〇九年十月六日黄昏

后记：

曲江别馆开馆之时，曲江文化局局长赵文涛先生应我所请，邀来古琴师刘志刚先生凑兴。吴克敬、李元、杜爱民诸多好友一边品陈年普洱，一边听琴。刘先生先后弹《平沙落雁》《阳关三叠》《洞庭水云》数曲。座中诸君皆叹其精湛琴艺，认为珍茗尚不足以遣其兴，又换美酒，我即席赋诗以赠。

听琴书问爱民老弟

半盏清茶一曲琴，岭头秋色雨中云。
长安兄弟吟诗否，昨夜归来酒八分。

二〇〇九年十月六日

后记：

昨夜，维礼兄邀来诸多好友，假座亮宝楼宴会厅为我接风。喝五瓶茅台，尔后又喝数箱啤酒，人人皆有醉意。爱民酒力深厚，亦有八分醉意矣，故今日听琴，犹存恍惚。

随州旅次赠刘玉堂

一过禅堂即玉堂，梦随老寺到隋唐。
大洪山里红尘绝，荆楚春秋兴味长。

二〇〇九年十二月二十二日

后记：

我与楚文化专家、湖北省社会科学院副院长刘玉堂先生都受聘为随州市人民政府文化顾问，常结伴到随州参加活动。此次乃应省政府鄂西文化旅游圈办公室之请，来随州评审其十年发展总规划，其中有大洪山旅游区建设诸多项目。随州市政府欲恢复大洪山上院慈恩寺，该寺在唐朝曾盛极一时。我与玉堂兄均对此项目表示支持。

为陈锋先生百研斋造题

每日神游百研斋，墨香如梦养情怀。
书房不觉红尘老，遍访名贤清气来。

二〇一〇年一月五日

后记：

陈锋先生兼学者与官员于一身，政务之余，雅好文墨，并收集历朝名砚数百方，取其书房名曰『百研斋』。嘱余为书斋题诗，遂造此四句。

虎年春节赠西安友人

不见渭河垂钓客，春风又送蒋山青。

慈悲入岁繁花下，应有人间不二门。

二〇一〇年二月二十四日

元宵节赠友人

楚水秦山锦绣间，几多箫鼓下楼船。
而今谁过蓝关去，弹剑狂歌试卷帘。

二〇一〇年二月二十八日

夜来多梦，晨起书此寄声春兄

山中岁月茅檐里，燕子声声又一春。
且喜南窗茶社里，二三好友共清樽。

赠马永庆

常慕仁兄热酒肠，风流不见见佯狂。
寺中每与禅相约，饮到中宵月已苍。

后记：

马永庆为海航西北公司总裁，雅好文墨，犹喜豪酌。他的第一本散文集《酒趣禅缘》出版，我为之作序。

京城闻长孙诞生，喜而赋之

正欲凌云去，江城喜讯来。
吾孙初诞日，春气忽盈怀。
金虎添鹏翼，高阳送凤胎。
相期折桂客，一笑上鸾台。

二〇一〇年四月七日
（阴历二月二十三日）于上海

后记：

晨八时，接邱华电话，告知儿媳陈云润已

入产房（此前，她已入住武汉协和医院妇产科八天）。斯时，我正离开下榻之地开元歌华酒店，坐车去首都机场乘机前往上海。半小时后，我刚到候机楼，接熊维电话，报告他的儿子诞生的喜讯。孙儿顺产出生时重六点一斤，眼长、耳长、指长，且指甲绕手。听到这喜讯心下欣然，自此我『晋升』为爷爷，岂能不陶陶乐乎？登机后，闭目养神，给孙儿取名为『凌羽』，小名庄庄，并吟此律以志庆。

忽忆前年雪灾寄东风老弟

去年曾记雪如沙，一夜东风尽着花。
世事莫言难况味，云烟过处看风华。

后记：

刘东风乃陕西师范大学出版社社长，多年好友。我每到西安，他必来相陪，其情般般。去年陕西大雪，他陪我过风陵渡往山西，路上艰难，如在眼前。

端午节过长沙，谢谭仲池先生设宴招待

此日诗人节，长沙聚谪仙。
与君拼一醉，倚席话前贤。
迁客狂生贾，抛头烈士谭。
汨罗寻水势，从不绝波澜。

二〇一〇年六月十五日

后记：

谭仲池先生，曾当过十年长沙市市长，现任湖南省政协副主席兼省文联主席。政务之

暇，笔耕不辍，有大量诗歌、散文及各类文学作品问世。我与之结识十年，从未感到他是『长沙太守』，而更像是一位谦谦君子。诗中所指的贾，即贾谊。谭，指的是戊戌变法中牺牲的戊戌六君子之一谭嗣同，他是仲池先生的族祖。

归汉途中，再赠谭仲池先生

浏阳谭氏子，十载抚长沙。
岳麓山前雨，芙蓉国里花。
民情惟俗事，治绩在人家。
归政诗心在，临窗酌绮霞。

二〇一〇年六月十六日晨
（阴历五月初五端午）

谢多洛肯院长赠书

陇上欣逢著史人，皋兰山下话明清。
髯胡偏爱山阴道，说到江南酒半醺。

后记：

多洛肯先生为哈萨克人，复旦大学古籍整理专业博士，现为西北民族大学文学院院长。致力于古典文学及明清史研究，著有《明代浙江进士研究》及《清代浙江进士群体研究》等著作。我应邀来西北民族大学讲学，多洛肯先生主持。讲毕他将上述两书赠我。席间书此以答。

再过常熟，友人邀饮席间口占

吴中暑月访伽蓝，村里杨梅水上烟。
十里尚湖归白鹭，一帘青翠见虞山。

二〇一〇年七月二十二日

贺冯天瑜先生七十寿秩

忽忆灯花带梦红，珞珈山上访书翁。
韦编三绝论封建，简策千章证首功。
不植菩提多佛气，遍栽桃李续家风。
少年应自明朝始，再历雄关数百重。

二〇一〇年七月二十九日

后记：

冯先生为武汉大学资深教授，著名历史学

家。他的《『封建』考论》及《辛亥首义史》，皆煌煌史著，为史学界所称道。

席间口占赠湘籍友人

曾经风雨过潭州，岳麓山高湘水长。
南楚书生多国士，家家琴剑胜周郎。

江城寄西安王军先生

御林苑内初相识，一语相投到盛唐。
豪气干云归陌上，秋风白马是家乡。

樽俎风流称上国，灞桥一别忽千年。
思君重赋《清平调》，未许长安属谪仙。

二〇一〇年十一月二十四日

后记：

王军先生现任陕西西咸新区常务副主任，

他在任西安市委宣传部期间与我相识。我喜欢他的睿智及儒雅，他亦欣赏我的书法，于是作此两绝送他。

喜得李瑞环主席惠赠大著《务实求理》，赋此以谢

雪中鸿雁送书香，开卷如同启锦囊。
自古箴言归澹泊，终将智慧化家常。

二〇一〇年十二月二十五日雪中

五十七岁生日

人生无奈红尘客，名利场中斗匠心。
《归去来辞》谁解得，山间水畔作闲人。
酒乡常住隔坛城，难炼金刚不坏身。
惭愧经年疏贝叶，忽闻宝剑匣中鸣。
舞墨不知冬夜短，弄孙每日乐天伦。

此身已作归山计，岂效前人《梁父吟》。

二〇一〇年十二月二十八日晨于麻城

贺贾平凹文化艺术研究院成立

古炉围坐听秦腔，静看人间味道长。
六艺养心文载道，清幽一院话沧桑。

二〇一一年一月九日

后记：

平凹兄来电告之，『贾平凹文化艺术研究院』即将落成，希望我能前往西安参加本月十三日之成立庆典。无奈我该日赴京参加中国

文联全委会，不能躬逢其盛。只好吟此一绝，
权作贺仪。

宗颐老赐与温家宝总理合影照片，喜而赋之

宰执襟怀泰斗情，经纶翰墨两相亲。
名贤济世多忧患，落尽铅华见本真。

二〇一一年一月十一日

后记：

饶宗颐老先生通过余之弟子窦希铭以温总理接见之照片相赠。饶老之学问、人品素为余所敬佩。得此照片后，吟成绝句以谢。

寄任法融道长

一只青牛去不还，惟留《道德》著人间。
只今楼观台中望，紫气如虹照大千。

二〇一一年一月十二日

后记：

任法融为陕西楼观台住持，亦担任中国道教协会会长，楼观台传为老子写作《道德经》之地，任道长对《道德经》研究颇深。

日前，他有书法集即将付梓，嘱余作序。短序既成，复吟此绝再贺。

喜闻赴朝仁兄升任国家广播电影电视总局局长，寄诗以贺

城南近日晴光好，柳色梅花各自新。
忽听故人迁上席，恰如春色过江滨。

辛卯正月赏梅，因思纪宝成先生手机短信贺年七律，步原韵赋之

漫赏春梅有所思，缤纷灿若屈家辞。
人情淡后知书味，花色浓时醉画痴。
昨夜钩沉衣带诏，今宵梦醒凤凰池。
应知忧患催人老，欲吐芬芳趁此时！

附　纪宝成原诗

二月六日得黄朴民手机短信诗，感而步其韵和之。

无力回天尚有思，沉心望远叹无辞。
天宫飘渺神仙乐，人事朦胧你我痴。
且把悲歌吟夜月，休提曼舞对春池。
登高岂会忧思尽，总是花开自有时。

二〇一一年二月二十日晨

淮滨旅次赠吴刚县长

风沙扑面走淮河，天下兴亡感慨多。
岸荻且如人世事，花乡雪国两蹉跎。

二〇一一年三月十二日

席间赠高经纬先生

惜玉怜香真雅士，经天纬地老英雄。
几回春月秋风里，我与先生一笑逢。
不向人间说是非，每逢朋友便贪杯。
空言渭水肥唐马，云隐终南去不回。

二〇一一年三月二十日于西安乐游原

后记：

六年前，因参加《美文》组织的全球华人少年作文大奖赛，而得以结识高经纬先生。其时我们同受贾平凹先生邀请，担任大赛评委。经纬先生担任陕西师范大学出版社社长多年，屡创佳绩。其为人与能力为出版界所称道。我每次来西安必与经纬先生畅饮一番，谈酒、谈书、谈艺、谈人生，乐莫大焉。

和张天昱先生《秋夜吟》

江南谁肯理寒枝，菊谢梅荒惹梦思。
犹忆前朝驴背客，飞觞此日短亭期。
平居霜舍依高榻，屡斫青光写《楚辞》。
清友二三聊足慰，白云苍狗不须悲。

二〇一一年十一月二十六日

附《秋夜吟》原诗

窗外风吹落叶枝，油然而发脍羹思。
世无青眼粗衣客，家有白头老妪期。

研墨周公占大梦，飞觞屈子醉骚辞。
烂柯宦海江东乐，司马苓通郢下悲。

二〇一一年十一月十七日

再赠李元

香染霓裳玉殿明，华清池里水初温。
欲开盛世唐生活，再造临潼十里城。

二〇一一年十二月十二日

后记：

李元先生今年升职为西安曲江新区管委会主任，并负责临潼旅游景区的规划与建设。下属曲江的唐城、汉城、法门寺与临潼等景区，皆为投资过百亿元的大手笔。乱世避祸，盛世造城，乃历史规律。其中可见沧桑，亦见我中华民族绵延不绝的创造能力。今日席间，与段先念副市长晤谈甚欢，又听李元细说临潼，心向往之，席间口占四句以赠。

宪生副省长调海南履任省委副书记新职，诗以贺之

自古楚才天下用，暖冬君又踏沧溟。
华中惜别悬壶地，岭外仍为逐鹿人。
谁计乌程归故国，肯招帝女托平生。
云霞过眼心仍健，投老琼州满地春。

后记：

李宪生同志精通经济，雅好历史，在担任
武汉市人民政府市长及湖北省人民政府常务副

省长期间，常有过从。然属君子之交，不言人事是非，每以论史鉴今为乐。日前接获中央调令，赴海南担任省委副书记。前往报到之日，曾在武汉天河机场与我电话告别，相约海南再见，遂有此作为之送行。诗中五六两句之『鸟程』与『帝女』皆为典故。唐宣宗时宰相李德裕因事贬海南，到达崖州后，曾写一首《望阙亭》绝句：『独上江亭望帝京，鸟飞犹是半年程。青山也恐人归去，百匝千遭绕郡城。』『鸟程』之说，喻海南之偏也。数百年后，北宋大文豪苏东坡亦贬海南昌化军，在游澄迈县时，曾写《澄迈驿通潮阁二首》，第二首是：『余生欲老海南村，帝遣巫阳招我魂。杳杳天低鹘没处，青山一发是中原。』诗中所说的『帝』，源出《楚辞章句》，即天帝也。巫阳是天帝之女。东坡诗意是说自己愿意终老海南，但天帝派女儿前来招他回去。此乃诗人之奇想也，亦可领略诗人回归中原之心切。在封建时代，海南一直是贬谪之地。所以千百年来，海南最发达的当数贬官文化，一大批中原高官及文士，将礼义与儒风带到海南。但今日之海南，与旧日琼州有天壤之别。二十余年前海南建省以及近年国际旅游岛的建设，已让海南成为热门省份，宪生于此际升迁海南就职，应是福音也。

初到群贤别业赠曹振慨先生

长安看尽马如龙，又沐终南五月风。
袖底忽然清气满，头陀入定看圭峰。

贺长江书法研究院成立

频年荆楚思文采，江汉从来润墨香。
此日风骚连翰友，小桃红处赏春光。

天昱先生仲秋自贵州毕节寄诗，读后和之

半岁雷霆风过耳，闲庭信步意安然。
书生多有烟霞癖，社稷能无国士篇？
凤阁龙台非我遇，米珠薪桂愧人钱。
三秋谁听呻吟语，击水中流过壮年。

附　张天昱先生原诗

亦步亦趋聊尔耳，既闲又仕似悠然。
诗书画印庠生癖，平治齐修《贤圣篇》。
禹寸陶分惭际遇，文恬武嬉愧薪钱。
四旬不惑诚欺语，讵不知非枉壮年。

当选湖北省第九届文联主席，感而赋之

常悲无计补蹉跎，乍掌文坛感慨多。
情正浓时心欲死，性圆融后鬓先磨。
从来艺苑成三国，难见文人赋《九歌》。
煮鹤焚琴狂啸客，半藏歌舞半干戈。

二〇一二年九月二十五日夜

参加苗栗『武汉民俗展』揭幕仪式

岛北风情歌仔戏，汉伶婉转唱《昭君》。
原乡艺业涵民俗，共植中华锦绣根。

二〇一三年五月二十八日于苗栗县城

后记：

『武汉民俗展』在苗栗县观光局展厅隆重开幕。苗栗乡亲以当地歌仔戏暖场，而著名汉剧演员王荔亦献唱《王昭君》片段。两地原乡艺术，吸引大批观众。

访高雄旧港里与村民座谈

乡情不隔河山远，旧港欣逢野老贤。
一联引得三声赞，万绿丛中见海蓝。

后记：

旧港里乃高雄市郊一座邻海的小渔村，此日鸿忠书记率团前来看望村民，受到热烈欢迎。席间，鸿忠书记口占对联：『荆楚风风长万里，两岸情情深似海。』村民们按传统习俗，伸出拇指，大呼三声：『赞！赞！赞！』

陪连战先生祭祖

癸巳中秋晴日好，寻根放眼望青山。
祖宗隐德传桑梓，游子离情寄旧园。
故国松楸留白发，先人清气续流年。
但思明月常相照，两岸乡情一样圆。

二〇一三年九月二十日记于闲庐

后记：

癸巳中秋，我与湖北省委台湾工作办公室主任刘凯春一起，陪国民党荣誉主席连战先生前往随州市广水祭祖。广水即古之应山县，连战远祖连光裕于五代十国晚期受后梁派遣任应山县令，遂定居于此。其孙连舜宾学问博洽，但终身不仕，以授徒为业，所教学生有北宋大文学家欧阳修等。连舜宾笃学好施，以布衣名传遐迩，《宋史》有传记之。连战先生是连舜宾第三十三代裔孙。他早有赴广水祭扫连舜宾墓庐之愿，今年终于成行，且恰值中秋。来之前，他委托随州市政府请人代草祭文，随州与广水两级领导均委托我代行草拟，祭文拟定传往台湾，连战先生审阅改动六字。附祭文：

身在宝岛，引颈北望，鄂北广水，祖墓萦心。人天永隔，不觉千载。累世子孙，夙愿今偿。

吾祖舜宾，结庐应山，人间隐逸，世外高人。崇文尚礼，乐善好施。诗文教化，门下多贤。谦谦君子，泽被乡里。名为隐士，实乃国士。经纶惠人，慎独存己。处士之风，文人之节，野老之情，君子之质。以布衣终，父老痛惜。人颂其德，世高其义。

当此中秋，渡海而来，恭祭我祖，俯首缅怀：蔽山之阳，涢水之阴，藏我先祖，独享静谧。白云苍狗，无始无终。亲情睽违，绵无绝期。春秋展墓，愧有缺时。惟有家风，代代相继。忠仁孝悌，不敢违背。家国情怀，永当铭记。三拜我祖，寸心若失。后世子孙，千秋奉祀。

祭奠如仪，伏惟尚飨！

（其中『夙愿今偿』与『缅怀』六字为连战先生所改）

敬斋
当代古典体诗词丛刊

布袋行吟集

下

熊召政 著

岳麓书社·长沙

下册　目录

第四辑 千江有月

第三辑　书香供养

月夜读《离骚》

那堪明月夜，苦读屈子篇。
郢上愁心苦，江中粽子甜。
芰荷香裂佩，兰苑草成山。
一纸长沙赋，扬天作谪帆。

一九七二年十二月九日

家居

柏屋老云重，盈轩翠尾寒。
梦留山脊月，花枕水寒烟。
紫燕新春社，苍鹰旧暮年。
躬身怜寸草，何故泪斑斑。

一九七三年三月十一日

重阳饮酒

倾杯痛饮黄花酒，大醉何须二月风。
欲挽双溪浇竹碧，尚邀陶菊褪霞红。
山翻绿浪斜阳里，地吐青云暮霭中。
不觉神峰秋气烈，一天清白与谁同。

一九七三年十月四日（重阳）

惊闻周总理逝世，诗以祭之

腊岁凄闻撒手归，冷烟九点哭声飞。
人间何处能凭吊，一座青山一座碑。

一九七六年元月九日

吊张志新烈士两首

铁血文章铁血人，可怜幽草托孤身。
斯民一掬沉江泪，洒向辽天吊国魂。

识鬼而成捉鬼人，海雨天风共此身。
九叠黄泉波啸血，悲歌一曲可安魂？

一九七九年四月二十一日痛极之思

题梅

独身风雪里，肃杀见精神。
醉眼能迎客，绡衣不受春。
疏钟霜夜月，瘦骨汨罗魂。
岂为轻狂辈，骚然赠爱情。

一九八〇年二月十七日于洪山宾馆

后记：

一九八〇年元月，《长江文艺》发表了我的《制止》一诗，立即引起轩然大波。一些人询问我创作此诗的动机，而另外一些人则纷纷责难。当时拨乱反正初始，极左势力还非常强大。《制止》一诗是我投向极左路线的一柄利剑。因此，许多相识与不相识的朋友都为诗叫好，又都为我担心。非常感谢众多的有着强烈的正义感的朋友给予我的友谊和支援，同推行极左路线者斗争，我也抱定了『虽九死其犹未悔』的决心。

谒聂耳墓

不是滇池眠瘦鹊，安能拱手葬英才。
耻同金佛分三席，暂借梵钟撞一回。
应有悲歌醒净界，更无浩月属阴霾。
炎黄后代风流甚，义勇军中竟壮怀。

一九八二年十月十四日

后记：

聂耳墓在昆明西山风景区，山上尚有华亭、太华两大古寺。

闲居杂咏十首①

何须买铗乱求鱼，自爱梨园百姓居。
人到中年何所计，清风明月五车书。

去年此日梅花落，一盏青灯照夜心。
狐语欲听人不寐，魂无归处鬼无情。

人妖颠倒奈何年，贬向山乡学种田。
父老惠人无德色，须从谷稗认忠奸。②

中秋明月属谁人？郎中木匠与知青。

江湖白鹭浑难识，不写风波写泪痕。③

今年杨柳为谁春，行见山中陌路人。

聊折一枝思买醉，前边可有杏花村？④

早雪飞来掩万家，楼头谁饮苦丁茶。

火锅狗肉邀君至，一卷闲诗试译它。⑤

冷有秋风热有诗，故人凭吊我来迟。

苍山满目浑如昨，不独茅庵似旧时。⑥

不须此处问流年，半在红尘半在仙。

何时重续庄生梦，再剪孤峰一点烟。⑦

江南无处不风流，最爱湖边小酒楼。

月色入壶风景酽，何须买醉下扬州。⑧

竟演春秋倍可怜，廿年回首独凭栏。

豪情瘦尽蛾眉月，雨笠烟蓑四五年。⑨

注：

①以上十首《杂咏》，写自一九九〇年春。这些小诗，既不是总结，也不是伤怀。只是记述了我生命历程中印象较深的人和事，以展现我心情趋于平静的曲折过程。

②一九七〇年，我全家下放农村，是年我十七岁。此前不事稼穑，一切从头学起。乡村父老除了教我农事，也教了我不少做人的道理。

③下乡第一年，即认识了一个木匠，一个

郎中，两人都写格律诗，我加入其中学写旧体诗词，这是我文学创作的开始。

④一九八〇年，农村包产到户后，梦想中的升平气象终于变成现实。多年不见的村酿又重新出现。此诗记述当时我在乡村行吟的欢乐心情。

⑤好友刘敬辉，从澳大利亚留学归来，每逢雪天，我邀他来家吃狗肉火锅，译法国乡村诗人亚姆的诗。

⑥一九八二年离开家乡，定居武汉后，很

少回去。当年的诗友木匠辞世五年后，我才有机会到他的坟前祭悼一次。

⑦一九八六年我去青岛参加《诗刊》座谈会。其间与雷霆、宗鄂、纪宇、余薇野诸诗友前往崂山游览，见到不少崂山道士。同行有人怂恿我抽签问命，我拒之，戏有此作。

⑧家居武汉东湖，人称我湖滨诗人。湖边小酒楼甚多，遇友来，同往小饮几杯，乐而忘返。

⑨回首下乡至今，倏然过了二十年。静观

来路，使我备感人生如梦，往事如烟。如今人到中年，豪情渐失，竟特别羡慕起雨笠烟蓑的生活。

经商一年戏作两首

投身商海作遨游，又赚钱来又赚愁。
一个天生诗佛子，从来故意失荆州。
爱钱偏又爱清高，避席常因浊气豪。
还是去当闲士好，清风明月自逍遥。

一九九四年十月二十五日

楚狂人

楚狂人说楚人弓，半壁江山一炷红。
百战纵然输社稷，人间依旧吊英雄。

一九九四年五月八日

后记：

是日陪浩武、志国两兄游东坡赤壁。陈浩武，经济学博士，曾任长江证券公司董事长。赵志国，深圳尊荣集团董事长。商旅劳顿，我在二赋堂为之讲《前赤壁赋》，希望他们在商战之余，能尽情享受江上之清风，山间之明月。

元宵节小饮后作

江南塞北白云间，华发蹉跎又一年。
漫道少年心未老，春风拂面尚知寒。

一九九八年二月十一日

怀张居正

常记先生秉政时，城狐社鼠尽摧之。
书生自有屠龙剑，儒者从来作帝师。
寂寞王侯多怨恨，萧条国事赖扶持。
昭昭史迹留嗟叹，社稷安时宰相危。

一九九九年二月二十日

后记：

一九九八年九月正式动笔写作长篇历史

小说《张居正》，至春节前大致完成第一卷初稿，正月初五，翻阅草稿，草此一律。

庚辰除夕书

坐尽春秋书史卷①，风骚依旧去年人。
口诛墨吏思锺氏，气慑龙蛇逐法轮②。
逆旅多逢长袖客，平生愧有食鱼心。
闲来每忆当年事，手把《离骚》子夜吟。

二〇〇一年一月二十三日

注：

①二〇〇〇年几乎用了整整一年时间写

《张居正》第二卷《水龙吟》。

②指练『法轮功』者屡去天安门闹事。

《张居正》付梓后作两首

其一

黄卷青灯已十年，布衣夜夜伴寒笺。
无穷忧患来胸臆，刻骨兴亡上笔端。
满纸写来家国恨，寸心琢出珍珠船。
江山不肯空文藻，骚客何时敢赋闲。

其二

以身许国惭无补，且为江陵铸史篇。
萧瑟衣冠怜烈士，屡经风雨见奇男。

彩毫重塑神州梦，碧血常涂社稷坛。
莫道英魂招不起，今宵欣看月团圆。

二〇〇三年四月十八日

阴历三月十七日凌晨

读黎焕颐回忆录《从人到猿》两首

其一

无尽辛酸人到猿，天荒地老角声残。
廿年炼狱心难死，每把黄泉当酒泉。

其二

年年冷月照天涯，嚼尽风霜似品茶。
沪上如今春听雨，犹惊白首对黄沙。

二〇〇三年七月三十日于香港

后记：

二〇〇三年七月底，受明报出版社总编辑潘耀明先生之邀，余赴香港参加一年一度的国际书展。幸会同被邀请的著名老诗人黎焕颐先生，他以明报出版社出版的回忆录《从人到猿》相赠。灯下读罢，心潮难平，遂有此作。

品《关广富画集》三首

廿年江汉展经纶，每为苍生历苦辛。
霸气不因流俗改，丹青辈里出狂人。

《双禽谱》上闲人笔，《百马图》中寄壮怀。
半世风霜铺砚底，泼出《牦牛踏阵》来。

毕生都在夺天工，哪计山重与水重。

一管紫毫千幅画，老来无日不春风。

二〇〇三年九月十二日

后记：

关广富任原湖北省委书记，湖北省人大常委会主任，从领导岗位上退下来后，致力于丹青事业，《双禽谱》《百马图》《牦牛踏阵》皆关广富先生画作名。

记梦

不知今夜月，何故远家山。
为问云中蝶，难寻石上泉。
杂花开愈静，飞鸟去还闲。
孤独谁招饮，烟雨满前川。

二〇〇六年七月二十四日

初冬京城拾句

乾坤虽大文坛小，谁肯青灯到白头。
风骨几人追魏晋？性情千载忆春秋。
平生常信天行健，王道兴衰鬼见愁。
好把菩提心里植，无悲无喜亦无忧。

二〇〇六年十一月十二日

后记：

十一月三日至七日，为偿夙愿到山西五台山礼佛。八号抵京参加第八次全国文代会。观文坛众生相，对比佛国之菩萨道，感触良多。文坛已成名利场，以振兴中华为己任者，少之又少。比之魏晋时期的文人风骨与春秋时代士大夫的贵族精神，让人生发『萧条异代不同时』之唏嘘。

第七次作代会戏笔

空言彩笔千秋事，熬断南皮两鬓霜。
从此文坛金换铁，羹汤先送小姑尝。

二〇〇六年十一月十四日

再谒张居正墓

忍向荆州寻旧冢，三年凭吊我重来。
残碑更欲迷荒草，梵磬悠然怅客怀。
社稷频添龙虎气，英雄谁上凤凰台。
伊周事业千秋在，岂让丹心化作灰。

二〇〇六年十一月二十日

后记：

二〇〇六年十一月二十日，我陪王春瑜、王先霈、何镇邦、金坚范诸先生去荆州谒张居正墓。五年前清明，我曾专程前往祭扫，三年前又去过一次，今番三度重来，但见离离荒草，墓砖断裂，日见毁坏。而近在咫尺之地，竟割墓园地建一座菩提寺；稍远处，数座新建大楼亦如雨后春笋拔起。两相比较，心下恻然，归途遂有此作。

洪山菜薹品题

一碟洪山紫菜薹，神仙见了也开怀。
自从阁老推崇后，多少名人踏雪来。

二〇〇六年十二月二十六日

西安《华商报·文坛演义》百期纪念

孰信文坛能演义，不教花月误佳期。
明朝执手云山远，道是相思却别离。

二〇〇七年五月二十五日

后记：

《文坛演义》乃《华商报》之栏目，前日编辑王锋先生来电请我为其百期专版题诗纪念，并告知出满百期就停版，从此不复相见矣。

读斯舜威先生《平闲堂书论》

收拾珍珠付锦囊，砚中岁月味偏长。
可怜夜半孤灯下，读取斯郎满纸香。

二〇〇七年六月二十一日夜

哀悼日有感

十亿神州哭汶川，榴花尽向血中看。
国殇此日铭千载，忧患中华过大关！
谁将噩梦覆家园，天府山河响杜鹃。
转瞬之间人永诀，荧屏一看一潸然。
救援惟念死生情，多少伤痕杂泪痕。
出没千村风雨里，英雄满地证民心。

怕看川西红踯躅，忍听蜀水碧潺湲。
心如精卫能填海，再造家园铸史篇。
二〇〇八年五月十九日下午

山中小住

半窗春雨一栏花，欲汲清泉试煮茶。
为问鸣禽飞去甚，山门一出即天涯。

二〇〇九年四月三日

重读《史记》

一管狼毫笔，千秋太史公，
春秋情纵虎，风雨夜屠龙。
刖足心常健，行藏气不空。
令人百世后，犹耻作雕虫。

二〇〇九年六月五日

题赠黄冈师范学院

鄂东自古出英才，武略文韬济世来。
雏凤新声今试唱，好登盛世凤凰台。

二〇〇九年九月三十日

西安看白杨先生画龙梅

长安何处寻春色，暂向龙梅借一枝。
携到江南寒夜里，楚山迢递忆君时。

二〇一〇年一月三十日

《万历首辅张居正》开播前夕感而赋之

忧国忧民大丈夫，毁家纾难为悬壶。
比干诤谏心先死，霍子骖乘德不孤。
每叹忠臣多取祸，更求史笔辩群诬。
可怜夜半煤山月，不照江陵一冢枯。

二〇一〇年四月六日

后记：

由我亲自改编的《万历首辅张居正》一剧，已拍成三年，然因各种原因，一直未能播出。近闻北京、上海两家卫视将于四月十六日同时在晚八点黄金时间开播。心中且喜且叹，喜则因为该剧终于能够同观众见面，叹则因为张居正之命运，虽然生前辉煌，但死后却一直冤抑难伸。

贺《东坡赤壁诗词》出版百期

忧患歌吟盛世词，有情骚客乐坚持。
而今更喜从头越，韩柳文章李杜诗。

二〇一〇年四月十二日

读郑欣淼先生《丑牛集》两首

欣看人间一丑牛，春花秋月伴遨游。
几多尘事融诗境，直与东风竞自由。

风扫前阶雨洗楼，何人闲处读《春秋》。
慕君不惮诗翁苦，尽采霞光铸锦瓯。

二〇一〇年四月二十日北京

后记：

赴京参加拙著《明朝帝王师》首发式，其

间拜访故宫博物院院长郑欣淼先生，他以旧体诗集《丑牛集》见赠，集中收录他去年所写诗词八十七首。

参加《明朝帝王师》新书首发式，感而赋之

大明宫阙沐春风，小院清幽地气融。
且就帝师聊旧事，梨花白对小桃红。
顺世难筹勒石功，麒麟转瞬化鱼虫。
庸君不解安民策，空剩经筵早课钟。

二〇一〇年四月二十二日于故宫

后记：

四月二十日谷雨节，下午两时，紫禁城出版社在故宫老城隍庙小院内为余之新著《明朝帝王师》举行首发式。并邀得北京卫视《这里是北京》栏目做专题采访报导。参加者有《中华读书报》、《北京日报》、《北京青年报》、《中国图书商报》、网易、搜狐等媒体记者。著名节目主持人阿龙担任发布会主持，中国明史学会副会长毛佩琦先生前来捧场，与我共聊明朝帝师相关话题。斯时疏雨初停，春光融融，小院内梨白桃红一片灿烂。两个小时的清谈不觉过去，结束之余，兴不能尽，爱吟两绝。

慕迅老新出画集见赠赋答

尽将忧患付丹青，不借峰峦不借云。
书写江南江北事，汝州山水最相亲。

二〇一〇年四月二十八日

后记：

鲁慕迅，河南汝州人，著名画家。曾任湖北省美术家协会副主席，二十世纪九十年代退休后定居深圳。此次回武汉，以新出画集赠我。吟此以谢。

王宽山水两题

千轴云烟化溪水，尽流青黛到前山。
古松岩畔茅檐里，可有高人试手谈？

水到穷时月有情，阳春莫讶雪纷纷。
桃花为傍苍崖古，一路芬芳到老村。

二〇一〇年四月二十九日西安

后记：

王宽，西安画家，师承长安画派掌门人赵

振川。我到西安，克敬兄邀我到王宽画室看他作画，见墙上悬有王宽两幅新山水画，笔墨间见逸气，遂应邀为之题诗。

题赠北京广播电视台《书香北京》栏目

斗室文章盛世情，常从忧患寄平生。
首都丰采千千影，最爱书香满北京。

二〇一〇年五月十日

夜读偶作

茶香自古伴书香，半涤情肠半酒肠。
眉月可怜淹宿雨，三更蛙鼓满池塘。

二〇一〇年五月二十日

贺湖北省政协成立六十周年

撷秀含英六十年，和衷共济赖群贤。
艰危历尽惟肝胆，尽揽风云过大关。

二〇一〇年九月三十日

人民文学出版社成立六十周年志庆

也经沧海也风霜，大象无形有主张。
六十功名谁道得，云霞满眼写辉煌。

二〇一〇年十一月二十三日

西安家家福会所壁间题句

从来盛世家家福，堂上弦琴架上书。
旧雨过从嫌夜短，酒壶才放又茶壶。

莫道人间此事殊，秦彝汉鼎《上林图》。
云烟一轴供人眼，谁羡孤舟泛五湖。

燕姬吴女比罗敷，舞袖歌残雨又疏。
归雁不知唐汉失，山人有梦到姑苏。

春日楼头看霁色，便知原上歇唐狐。
叹他烧玉窗前客，尘外悲欢赚得无。

终南山上随麋鹿，大散关前听鹧鸪。
千古留侯归去否，弓藏鸟尽见功夫。
草堂贝叶几荣枯，楼观台高看野芜。
人在江湖心在佛，难言到老不糊涂。

二〇一〇年十一月二十六日

后记：

西安家家福会所，乃我老友李声春先生所创，为品茗、欣赏古玩之处。每来西安，我都会去此会所盘桓半日。此六首绝句应声春所写。

品读郑忠《大水墨》二首并序

庚寅冬月之暮，郑忠自南通乘车来访，时江城雪霁。于玉砌银妆之中，余与郑忠及二三好友品茶东湖，看郑忠携来新作《大水墨》，赏玩之余，赋此以赠。

八荒穹极赋丹青，不慕时贤与古人。
满纸云烟浮逸气，始知彩笔可通灵。

非晨非夜亦非春，云色花光伴雪痕。

写得江南真景致，峰峦无象见精神。

二〇一〇年十二月二十四日

题妙峰印严《鳞羽神仙卷》

鱼为海中鸟，鸟为山中鱼。
山水有清气，滋养神仙侣。
鳞知逍遥乐，羽沐春秋雨。
人若为神仙，亲鸟又亲鱼。

二〇一一年二月二十六日夜于昆明

谢王昭先生惠赠画作《红叶瀑布》

孤舟无恙向东瀛，陌上樱花养画魂。
贵胄已忘天阙梦，痴心不肯负丹青。

后记：

四月上旬，王昭先生自日本回国为父母扫墓，尔后专程来武汉与我会晤，并携岩彩画《红叶瀑布》相赠。王昭为金朝第五位皇帝金世宗完颜雍之二十七代裔孙，亦是清皇室之后。其母爱新觉罗·溥韫娱乃清朝最后一位皇帝宣统溥仪之妹。王昭外公乃宣统之父、清朝最后一位摄政王即醇亲王载沣。王昭父母均为中国画院画家。他一九八二年东渡日本学习绘画，居于富士山南之静冈。他受教于日本绘画巨匠平山郁夫，专攻岩彩画，糅中国、日本两种画风于一纸。其画作在日本、西欧等地深受喜爱，近年来亦为中国大陆所了解。

参加第三届世界华人炎帝故里寻根节感赋

随州屡到思炎帝，三献芹心颂祖先。
纵是洪荒无信史，却从地气望人间。
江山纠葛生王道，文化交融育圣贤。
一脉中华传不尽，民心撑起艳阳天！

二〇一一年五月二十八日

后记：

多种史籍记载随州乃炎帝出生地。自

二〇〇九年起，每年阴历四月廿六日（传为炎帝诞辰），随州举办颂祖大典并世界华人炎帝故里寻根节，该节乃湖北省人民政府与中华炎黄文化研究会主办，随州市政府承办。一连三年，我受命撰写《颂炎帝文》，均由湖北省省长于大典上诵读。今年参加大典之后，吟此以记。

附　净慧老和尚和诗《随州炎帝故里寻根节》

黄陵犹忆森森柏，炎帝祠堂独领先。

钟鼓如雷歌圣德，旌旗映日暖人间。
更无余哲称人祖，独有神农比圣贤。
华夏泱泱儒释道，同台祈福颂尧天。

二〇一一年五月二十八日

参观沙湾镇郭沫若故居

自古书生多忧患，拼将热血洗铜驼。
不教岁月山中老，岂肯心针石上磨。
粉墨春秋悲释老，浮沉人事忆东坡。
莫言天地今非昔，沫水滔滔唱《九歌》。

二〇一一年六月十三日于沙湾镇

旅台文化交流诗札四首

二〇一二年十月二十四日至三十一日，我率湖北省炎黄文化研究会八位同仁到台湾进行学术交流活动。此是我今年第二次访台。得此七律四首，诗以纪之。

题苗栗县神农五谷宫

神农昔日显灵处，黎庶兴修五谷宫。
野老勤培兰麝土，山川争奉赤须龙。
风传神话埋幽草，俗祈丰年拜祖宗。

应解山墙明月下，乡情不改听秋虫。

二〇一二年十月二十五日于台北圆山饭店

后记：

苗栗县神农五谷宫，乃当地村民所建。传两百余年前，苗栗大旱，神农于此显灵，尔后天降甘霖。农民感其恩德，于五鹤山显灵处，建庙祀之。台湾神农庙有很多，并成立有台湾中华神农协进会。

秋日阳明山中山楼远眺

暂别楚山飞碧海，重阳节后我重来。

眼前龙脉嗟萧瑟，槛外乾坤谁剪裁。
红叶稀时多殿瓦，青山缺处尽楼台。
中原冠盖伤零落，难觅江湖未老才。

后记：

阳明山中山楼建于一九六六年，为纪念孙中山诞辰一百周年，由蒋介石倡修。传中山楼选址为台湾第一风水宝地，然却在硫磺眼上，终日硝烟弥漫，似非吉兆。该楼在两蒋时代，为中华民国『国民大会』会址，蒋介石、蒋经国、李登辉三任『总统』皆在此楼会堂选出。

现此楼仅供游人参观。入楼闻刺鼻硝烟，不免生物是人非之感。

赤嵌楼怀古

浮槎仗剑过兰天，手把龙旗破虏颜。
蓟北朱明王气尽，台南虎帐夜光寒。
可怜霸业归尘土，剩得书生对晚烟。
莫向楼前看废垒，英雄早已化仙官。

二〇一二年十月二十七日于台南行次

后记：

赤嵌楼为十七世纪荷兰侵占台湾所筑，郑

成功怀抱反清复明之志，率部属于台南登岸，一举攻克赤嵌楼，并以此为据点收复台湾。今之赤嵌楼，已成旅游景点，楼前废垒依然，但楼头已成镇海龙王庙，郑成功已成海神矣。

屏东县鹅銮鼻公园眺望巴士海峡

曾经孤屿抛荒地，旷日横行海盗船。
商旅葬身鱼腹里，寇仇启衅国门前。
应知通道人间利，岂许咽喉浪底残。
到眼潮头千丈碧，还期巴士彩云悬。

二〇一二年十月二十九日

后记：

鹅銮鼻公园属屏东县垦丁国家公园的一部分，属台湾最南端伸入太平洋之尖岬，面对巴士海峡。大航海时代初期，此处海盗横行。为廓清海障，清末于此修建灯塔，并派兵长期驻守。我游历至此，联想南海与钓鱼岛之争端，遂吟此律。

赵振川画作四题

读《秋山赋》

岁月经霜味有余，红尘千丈傍村居。
牛羊也懂秋山酽，木叶摊开尽是诗。

写《伊犁河谷》

江南清客迷花草，我爱伊犁老树多。
尽把风霜揉月色，虬枝入定胜头陀。

赏《九曲黄河图》

中流砥柱忆前贤，手揽黄河水一湾。

自古英雄轻社稷，波澜一掠万重山。

品《终南残雪》

层林萧瑟隐禅关，雪意如龙到眼前。
看尽琉璃光世界，骚情过后是天然。

后记：

赵振川先生，陕西省美术家协会名誉主席，其父乃国画大师，长安画派创始人赵望云先生。振川承继父志，成为长安画派第二代掌门。其画作气象郁勃，笔法生动，为海内大家。我与他神交既久，尔后常有过从。

赠赵季平四首

听《乔家大院》交响组曲

乔家院内话沧桑，弦管纷纷诉短长。
最是苍苔黄叶地，秋风起处燕彷徨。

听电影《红高粱》音乐

高粱地里好儿郎，碧血盈怀赴国殇。
风雨鸡鸣酬远志，归来且饮酒千缸。

题电视剧《水浒》主题歌

男儿有志莫蹉跎，且听神州《好汉歌》。

跃马横刀常破阵，手腾剑气护铜驼。

闻季平先生担任中国音乐家协会主席，寄诗以贺

谁把黄河揽在胸，平居不碍听黄钟。
大音自古滋心志，最喜先生气若虹。

二〇一三年九月二十四日晨雨中于闲庐

后记：

二〇〇六年秋天与赵季平先生相识于京城。此前，就非常喜欢他的音乐作品，他亦推许拙著《张居正》，所以甫一见面即为深交。

兹后，虽未能经常见面，但每过西安，只要他在，都会一聚。他的哥哥赵振川乃著名画家，当今长安画派掌门人。去年接受中共中央办公厅任务，为人民大会堂绘制一幅巨画，邀我前往西安品鉴，又得一机会与他们兄弟相见。两人均为国画大师、长安画派创始人赵望云先生哲嗣，并分别于绘画、音乐领域，各成巨匠。宋之三苏之后，又有当今西安三赵，诚中国文艺界之佳话也。去年，曾为振川先生作题画诗四首，今再为季平先生赋四绝句，赞其音乐成就，然不敢溢美，诚表『粉丝』心迹耳。

题孙恩道《对弈煮茶图》

背靠虬枝试手谈，尚邀童子煮茶烟。
不知山外红尘里，秋雨春风又几年。

题涂同源《秋韵图》

暮鼓晨钟隐重峦，幽人何处伴啼鹃。
三秋不见南飞雁，空剩烟云冷画船。

题刘春冰先生《云山图》

闲庐此日读云山，一片清波醉小船。
月色入壶浑不觉，峰头几处隔炊烟。

题李乃蔚先生《逍遥图》

劲蹄长踏高原雪，竹笠轻敷楚国春。
此日且寻归隐地，莲花峰上饱烟云。

题肖安民先生《凌霄图》

苍茫江汉英雄地，一束凌霄万户春。
明日故园应更好，城乡尽是护花人。

『熊召政诗文书法展』于西安美术馆

开幕，诗以记之

文章愧比《长门赋》，寸翰何曾抵二王。
一页梵经抄永夜，半瓢霞汁醉明皇。
唐都深处山阴道，雁塔旁边羽客乡。
却喜诸君青眼接，暂当半日校书郎。

二〇一三年十一月二十八夜于曲江芳林苑

后记：

今年九月上旬，由湖北省文化厅、湖北省

中华文化促进会联合为我举办的『熊召政诗文书法展』在湖北省图书馆开幕，展出时间半月之久。省委书记李鸿忠，省长王国生等诸多领导以及众多文友前来参观。西安友人亦专程前来观看书展，尔后提议在西安再举办。不久即告诉我，我的书法展由陕西省文联、陕西作家书画院、陕西曲江文化开发区管委会三家联合主办，由曲江演艺集团、西安美术馆承办，时间定于十一月二十八日开展。我遂重新书写历年客旅陕西所作诗词、短文九十余篇，仍沿用

『熊召政诗文书法展』之名。展签由贾平凹先生书写，序言由赵季平先生所写。二人一为陕西省作协主席，一为陕西省文联主席，均是我多年老友。而陕西师范大学出版社则赶印我参展的作品集。此次展览如期开幕，赵季平、赵振川、赵铱民、贾平凹、吴克敬等二百余文化、艺术、教育届人士均前来参加开幕式并参观展览，令我感动不已。老友薛保勤（现任陕西省委宣传部常务副部长）曾赞西安『一城文化，半城神仙』，信不虚也！

参观西安关中民俗艺术博物院并赠王勇超先生

秦川南北复西东，民俗收藏一院中。
岁月无情人有意，遗珠今又伴春风。

汉代风华唐气象，寸毫彩墨叹无穷。
雕梁刻石埋荒径，一夕归来化彩虹。

五台镇上影重重，古宅连楹若汉宫。

感物思归游子意，老槐树下日初红。

每因废垒帐晴空，又见麒麟夕照中。

故国神游谁伴我，寻常巷陌揖英雄。

二〇一三年十一月二十九日夜于西安芳林苑

后记：

趁在西安举办『熊召政诗文书法展』之际，在中共西安市委宣传部马锐副部长的陪同下，前往长安区五台镇参观西安关中民俗艺术博物院。院长王勇超先生热情接待并亲自陪同参观。欣赏到多栋移建之关中名人古宅及各种历代石雕、砖雕、木雕，历朝名人书画等等。其中民国名人字画藏品之丰，为国内少见；拴马桩八千六百余根，亦为中国之冠。短短两小时，只看了其藏品的一小部分，这些藏品皆王勇超先生三十余年收藏，而该博物院亦王先生一人之力所建，诚人间大功德也。参观后，应王先生之邀，写『守望历史』四字相赠。归来仍不尽兴，又吟此四绝以记。

王勇超先生为余在西安关中民俗艺术博物院举办六十寿辰庆典，寄诗答谢

谢君为我开青眼，福苑台前庆诞辰。
锦轿座中驴背客，秦腔声里烂柯人。
满庭骚子神仙侣，盈壁诗联旧雨情。
此日神游酬父老，采芹供鹤两相亲。
顺世更珍《丰宴乐》，《交友图》前拭梦痕。
东苑且斟西凤酒，南庭已弃北山文。

乡愁蜜结丁香句，楚客情销子夜琴。
促膝与君言不尽，倚碑扫榻共烟云。

二〇一三年十二月二十一日于闲庐

后记：

西安关中民俗艺术博物院王勇超院长，闻余今年冬月六十寿辰，遂诚意相邀前往其博物院，为余按关中传统习俗做一寿庆。十二月十四日，我与夫人偕子熊维、孙熊凌羽及亲友十余人前来，西安诸友如高经纬、吴克敬、杜爱民、刘东风、马永庆、李声春、刘志勇、胡弘、王宽、于力、陈维礼等五十余人，亦前往祝贺。一临博物院东大门，王勇超先生率其属下隆重相迎，让余换乘八人大轿，一路皆有乡亲载歌载舞，过两条街道进入南山福苑开始祝寿仪式。先以老腔《将令一声震山川》暖场，继是吹唢呐绝技表演，尔后是宣读多方寿联、贺诗，最后是诵读由陕西师范大学中文系三位教授撰写的千字寿文。祝寿仪式大约两小时。余虽有『寿星』之乐，亦有体验关中民俗之惊喜，故吟此两首以纪。第二首诗中之《丰宴乐》《交友图》皆为王勇超先生赠送给我的汉代画像之拓片。

观赏新编历史剧《天下归心》感赋

人间树树春花在，难见丛丛萱草妍。
世道扶危搜旧帙，孝心磨砺著新编。
纵输社稷三生恨，翻悔庄王一寸丹。
戏骨名伶歌永夜，却无声息到黄泉。

后记：

蔡赴朝先生深谙历史，犹喜京剧，政务之暇，常以新编历史剧为乐事。至今，已上演的有《袁崇焕》、《赤壁》等数部。两年前又依据《左传·郑伯克段于鄢》故事，以郑庄公掘地见母情节，创作京剧《天下归心》，旨在弘扬孝道，日前在中国国家大剧院上演。该剧由张艺谋导演，尚长荣、孟广禄、朱世慧等名角云集，可谓擅一时之胜，赴朝仁兄约我进京观看。十月二日晚，我携夫人邱华观看此剧后，遂有此作。

赠柏菲小馆陈栋梁先生四首

柏菲小馆欣赏油画

长江左岸赏西洋，雪月林花彩墨香。
岁月难摧天籁老，他乡回首即原乡。

柏菲小馆夜饮

美雨欧风满画堂，乡愁旧梦一时香。
今宵小馆虚秋月，惟剩江南酒半缸。

荷轩听雨

蛙鼓声微叶尚眠，一池淅沥落樽前。

春风最解溪山梦，尽绕荷池水上烟。

听荷轩主人谈东方艺术

寸澜片石载诗囊，羽扇纶巾见大荒。
常卧烟霞偿夙愿，魂牵梦绕是东方。

步沈鹏先生韵贺周笃文先生寿

不因得失敛风流，千乘铁辖且轻投。
人生八十书童话，锦绣诗囊夜夜收。

二〇一四年元旦抒怀

忽忆迅翁当日语，于无声处听惊雷。
常思文帝劳民少，且喜庄王逐凤飞！
事简人淳尧世永，衙深官腐国家危。
河山放眼龙蛇动，千路云车载早晖。

附 郑欣淼和诗

江山无恙总多情，乾转坤旋岁又更。
东海夷氛须廓定，南天民气复充盈。
旧邦风雨惟新命，盛世忧勤谨远程。

隐隐春踪何所思，周回已看一阳生。

二〇一四年元旦于北京御史衙门

第四辑　千江有月

如梦令　夜樵

冷月一山如雾，暗问鬼啼何处？廿里盘陀路，不见豆灯木屋。樵者、樵者，偷伐败柯无数。

一九七〇年十二月于英山四顾墩

意难忘　登岳阳楼

乍见君山，正杜鹃啼切，斑竹成帘。涛掀鱼窟浪，雁枕怒波眠。烟柳陌，雾荷田，吴头楚尾天。无限潇湘无限意，风送千帆。

此楼独镇江南，自唐宋元明，清驻人间。我来寻壮气，名士去千年。问风流、思忧患，江湖白发寒。纵是勒碑铭苦乐，谁有泪弹！

一九八七年五月三十一日（端午）

南乡子　访琴台

到此问知音，空有荒台对暮晴。欲唤渔翁江上望，林林，如今张网不张琴。挥不尽烟云，江有孤山月有阴。三两蜻蜓来复去，行行，寂寥花照寂寥人。

一九八七年初夏

醉桃源　尝新茶

无边风景一篱春，谁添漱雪晴？半壶绿乳半壶云，花前试品茗。

抿雀舌，煮松针，江南此夜人。诗情禅意一杯倾，尘心换醉心。

一九八八年四月八日

后记：

清明后三日，弟普生自家乡来，带来新茶一盒，谓是清明前一日摘制而成。开盒沏之，一杯碧绿，满屋清香，算来已有十几年没有品过清明茶了。

醉蓬莱　长城怀古

听胡马啾啾，飞檄骤传，兵戎满地。我来一啸，拭秦皇巨堞，汉家石级。大野龙蛇，换孟姜一泣。千捶不碎、百捶还青，砖上疮痍。

是真天子留大手笔，划地为牢，幽囚社稷。关塞极天，笑君王如隘，险亦成泥。若问苍生，但驱得铜驼，不行逆旅，民心攒处，即是玄机。

一九八八年十一月二十四日夜

一剪梅　元宵节

那须铁笔画银钩，月也悠悠，夜也悠悠。心事一年风里瘦，爱也无休，恨也无休。

人在今宵莫上楼，寒气凝眸，墨气凝眸。且听林泉古道幽，人有春秋，鹿有春秋。

一九八九年二月二十日（元宵节）

东风第一枝

襟抱属谁，闲书伴我，到晚总无人约。自从尘境息游，懒听虫吟鼠动。天鸡骤唱，待舞时、才知地窄。万里河山皆梦土，归雁啼来清彻。齿冷后诗心未摘，落拓时豪肠涤雪。常思载酒南行，青衫却怕炎热。算来还是，苦茶独煮中原月，甚时节重续华年，再挂云帆一叶。

一九九〇年二月二十五日

虞美人　春雪中看窗外梅花

北风吹雪天生锈，何处豁凝眸？却看窗外数枝梅，暗敛清香独自唤春归。

我驱诗思过梅桥，雪已垂垂老，笑它僵尽已难留，明日飞莺舞破万家愁。

一九九〇年三月三日

水龙吟　读民国初年史

角声吹起烟尘，枭雄争国兵和刃。黎庸袁贼、徐滑冯刁、曹更无信。大器孙文，为公天下，惜乎独殒。六民国总统，得势者纣，得道者难为舜。

动乱神州谁镇？四万万苍生积忿。东瀛强食，美欧欺弱，虎眈鹰奋。更有夜郎，霸今泥古，似清还紊。幸汉唐社稷今朝重塑，再展风云。

一九九〇年三月十日

花心动　观磨山植物园杜鹃花展

四月江南，掠一湖春水望眼凝碧。梨也梨过、兰也兰过，剩此杜鹃花季。烟霞千树影婆娑，红妆醉惹人思绪。问立夏，还有几时？剩得三日。

春月挥手即逝，风雨半惊心，繁华怎继？花是此花，魂是此魂，凋落才知消息。血鸟红泥任君化，痴情尚在江山里。子规泪，洒来一路成玉。

一九九〇年五月三日

踏莎行　答友人

慧眼童心，柔情傲骨，百年我在人间住。山间清湍浪尖凫，冷眉热血贯今古。心是丹炉，身非兔窟，弹冠不成挂冠去。只留浩气在胸间，头颅一掷蛟龙怒。

一九九〇年七月

浪淘沙

连阴八日，思家思乡之情日浓，永夜不能成寐。

又是倒春寒，半宿无眠。病躯孤枕忆江南。三月莺啼娇不胜，满眼乡关。

故旧隔云烟，小院花闲。开到南冠梦里边。一日禅情三日雨，何处留连？

一九九一年三月一日

忆江南两首

江南好，折柳试春光。堤写葱青花戏水，绿波如酒醉船娘。何人寄断肠？

江南好，今日是花朝。花有低昂风有信，人寻旧梦燕归巢。囚徒血也潮。

一九九二年十月七日

最高楼　访禅

人生苦，佛与我同心，白日梦沉沉。非是红颜弃轩冕，游遍江南访梵林。深山里，红叶路，稻香村。

禅房外，谁是有情人。携玉壶，无处醉冰心。胸中血，待重温。不叹英雄没蒿莱，但能红粉伴诗人。佛道上，有知音。

一九九二年十月七日

定风波　下海戏题

系梦儒林兴未央，年华四十谪仙狂。国脉忽惊商气动，寒士更弦只为赚钱忙。彩笔暂收心莫冷，前程转折亦何伤。贾客丛中当隐士，游戏人生好著大文章。

一九九三年九月三十日

水龙吟　游黄梅东山五祖寺

大别千年佛气，蕴此东山一脉里。我今来游，唐寺已焚，清庙成泥。香火冷清，老磬声低。东林居士，访禅家领袖，僧房走遍，只听得，杜鹃啼。

遥想当年殿内，六祖屏风一谒，当头棒喝，众心凋尽，独占生机。是大菩萨，方能自在，方能卓立。且去也，不谈慧能神秀，自种菩提。

一九九四年六月二十七日

汉宫春　游天柱山

古封南岳，知帝疆如此，湘粤还蛮。腰系长江，松烟吹向中原。汉武胸襟，只识得胡笳胡马，却不知，吴侬软语，楚越密管繁弦。

待到此山冷落，便峰高月小，鹤老松闲。跑来几个和尚，洞里参禅。悠悠岁月，问何人一梦千年。认石上断章残句，听谷中涧水潺潺。

一九九四年十一月四日

水调歌头　登黄山天都峰

四年前旧约，二度上黄山。再把胸中块垒，吐到白云间。人在天都峰上，探得莲花奇境，处处是玄关。凭松还一啸，满眼是江南。

平生志，在社稷，在山川，只是中年而后，却好参禅。若得雄峰伴我，更兼友鹿餐霞，快活似神仙。通身皆正气，揽日有何难。

一九九四年十一月八日于黄山桃源宾馆

满江红　登庐山

千载匡庐，有多少词人骚客。山路上，几多烟雨，几多霜雪。霸气尽随流水去，别墅深藏名士劫。剩禅钟道磬一年年，惊残夜。

三叠泉，能洗耳。五老峰，音尘绝。访白鹿东林，难融情结。读水读山还读史，英雄酣战何曾歇？我如今只在花径上，吟风月。

一九九四年十一月十一日

念奴娇　雨中登郁孤台

赣头粤尾，只匆匆一掠，云山千叠。雨隔郁孤台上客，不见大庾梅雪。故城难认，旧水仍流，空余词一阕。斗拱飞檐，尽挂伤心颜色。都说流年太岁，两度中秋，会有红羊劫。社稷江山风浪里，前途谁评说。商海孤篷，文坛居士，情似秋山叶，犬儒骂过，再读佛经几页。

一九九五年二月十八日

江城子　赠友

问谁能得信陵风，楚汉间，慕老兄，儒雅风流，情浓血更浓。擒贼擒王商战急，寰宇内，声渐隆。

相知事业又相逢，君游龙，我飘鸿。云山叠叠，霜雪识英雄。豪情沽尽千江月，大醉后，好盘弓。

一九九五年六月十八日

夜游宫　游鸡公山

宿鸟啼来夜色，山路上，有风无月。迎我长松微鼓瑟。似低语：万仞上，芳香绝。

莫道芳香绝，听危楼，笙歌未歇。避暑胜地多红粉，追豪杰。当今世，风流劫。

一九九五年八月十九日

临江仙 丙子年元宵节寄友

常恨世间无侠气，问谁身在江湖，幸有刘郎称季布。十年磨一剑，茶酒日三壶。天下英雄根器在，风流尽出东吴。易水荆山皆是梦，道心何处养，深山满鹧鸪。

一九九六年三月四日

八声甘州　游杭州西湖

正早春二月燕初来，烟雨满湖山，过断桥孤岭，风流旧迹，幅幅林岚。岳王坟前伫立，叹英雄气短。欲寻灵隐佛，流水潺潺。

多少江南名士，携浊酒清诗，于此盘桓，访渔樵故里，画舫即人间。说钱塘繁华自古，又谁知风月闹中闲。停棹处，惟有钟声，还我浩然。

一九九六年四月七日于杭州延安宾馆

自度曲　赠徐鲁

常慕古人，餐霞友鹿，云水胸襟。佛境禅关岑寂处，洗尽人间流影。一径幽花，半潭明月，茅窗下，暂凭杯酒慰离情。

而今寄居城市，长啸无松，闲坐无云。东风透户尽红尘。伤怀心旅，几度阴晴，幸有青毫三两支，描今溯古长精神。吾庐门一闭，满眼白云深。

自度曲　普陀山礼佛

慷慨悲歌士，灵山一会，便放下，纵横心事。白华山上听梵钟，百步沙前沐海雨。欲拜庄严妙相，更在夕阳西。

我乃闲士，君为公器。名山胜水久徘徊，为养丹心一粒。唤来晚酒三杯，只待中宵惊起。看佛心化作春山月，猛回头，又是江湖万里。

一九九六年六月二十五日于普陀山息耒小院

自度曲 游天台山国清寺

森森古树，翠云欲遮天台路。寒拾亭前徘徊，丰干桥上驻足，问一行归否，隋梅何处？云无住、水无住，木鱼声声震飞瀑。弹指忽千年，寺门扫却尘无数。袅袅檀香、沉沉暮鼓。辨认苍碑旧石，不伤春，自怀古。惆怅踏归途，但见老牛卧溪山，睡眼模糊。不识智与呆，更不问，禅与佛。

一九九七年五月于天台山

风入松　乌镇夜饮

清波一棹过低墙，灯火摇窗。酒帘垂处小桥西，三分月，一絮轻霜。壶内花雕半热，碟中豆嚼茴香。

忆青莲诗动盛唐，酒饮千缸。如今却笑骚坛客，豪气失，唯剩情肠。却喜今宵买醉，卷帘北斗苍茫。

二〇〇七年十一月二十日

乌夜啼

湖山屡负鸥盟，恨重重，辜负桥如弦月艇如虹。

多少事，浑似梦，渺如鸿。谁怜金乌西去水流东。

二〇〇九年四月十一日

金错刀　西湖忆旧

随白鹭，到滩前，一篙春水恰容船。楼台重叠三分竹，岸柳招摇一缕烟。

抚白发，忆红颜，闻莺钓浪古桥边。轻寒累日连宵雨，不信湖山误少年。

二〇〇九年四月二十日

乌夜啼　英山道上

黄花开到篱边，不胜寒。远近高低满眼尽重峦。
五分红，三分绿，二分烟。远看农家岭上正烧田。

二〇〇九年十一月二十日

菩萨蛮　东湖梅园踏青

红尘盈袖山成榭，繁花重处人如月。蝶衣枝上乱，芳菲鬓底残。

一年修禊日，三五风流子。切莫推窗望，花事也铿锵。

二〇一〇年三月二十八日

莫思归

花满前山月满湖，云烟氤氲上林图。江南四月春风渐，千丈溪声入酒壶。惆怅清明雨，燕子归时梦已苏。

二〇一〇年四月五日

卜算子　参加英山毕昇书画笔会

天堂一片月，曾照宋山河。多少贤良逢乱世，福少坎坷多。

慧心能创业，忧患铸铜驼。毕郎乘愿若归来，山山响牧歌。

二〇一〇年十月九日英山龙潭书院

卜算子　谒毕昇墓

百工难勒石，贫贱总参差。生不愿封万户侯，身入文明史。

一技惊天下，寂寞归桑梓。千载孤坟谁作伴，四山惟鸟语。

忆江南　蜀中好二首

一

蜀中好，风雨也温柔，女爱明媚男爱酒，山亲花鸟水亲舟。何处有忧愁。

二

蜀中好，来去莫匆匆，峨嵋禅院当茶客，古蔺山街做酒翁。醉眼望云峰。

二〇一〇年十月二十五日

卜算子 东湖梅事

莫叹东风薄，梅枝初放萼。记得去年香雪海，春意尽横波。

花事一年年，缤纷亦如昨。梅香深处鹤归来，不知何处落。

二〇一〇年十二月二十九日

虞美人　元旦

青山才把雪衣脱，二九阳光薄。梅花欲放两三枝，萧萧乱叶落荷池，缀离思。

手机短信连宵乱，谑语声声怨。闲庐却喜故人来，南窗小酌润诗怀，若瑶台。

二〇一一年元旦

垂丝钓　游峨眉山白水寺

闲愁几许，至此更无情绪。看山耸翠，对树飘絮。潺湲里，谁牵红踯躅。

此登临，走尽头陀路。苍茫绿绮，只能梦里相遇。前世伽蓝，多少维摩居，又值今归宿。廊庑间，细嚼风和雨。

二〇一一年三月十三日

海棠春　过东湖小梅岭

轻寒二月烟如雾，小梅岭上多花树。石径晚风中，碧波谁棹去。
去年腊雪曾经处，看长亭昏鸦无数。春红今欲乱，紫燕迷归路。

二〇一一年三月十九日

水调歌头　南沙眺虎门

清明疏雨后，残照满伶仃。谁在南沙山上，临风望虎门。放眼几丛礁石，绽开千树木棉，簇簇垂虹影。海天如画里，我醉复沉吟。

林氏火，关子炮，邓家军，多少铁血男儿，空手转乾坤。青发头颅掷去，换得慷慨悲歌，千载哭忠魂。神州多烈士，何惧再天倾！

二〇一一年四月五日清明于南海酒店

菩萨蛮　珞珈山赏樱

澹烟浓翠清明节，珞珈山上樱如雪。犹忆少年时，对树起相思。

锦衣多有愧，林中听子规。落花谁践过，乌语簌簌堕。

二〇一一年四月十二日

醉桃源　麻城龟山杜鹃

缆车一路上青天，风暖送神仙。烟恋忽被霞光染，千丈尽红颜。

芳讯挤，翠云闲，媚眼蝶衣残。且学东坡怜夜色，银烛应高悬。

二〇一一年五月二日

黄金缕　入住闲庐三年

自爱江南景色殊，移住东湖，已易三寒暑。燕衔春色雁鸣秋，雪意霜情入酒壶。

禅茶待客香满屋，最喜闲庐，尽绕香樟树。架上图书堂上佛，销得人间愁万斛。

二〇一一年六月八日

长相思　七夕

仲夏夜、胜春宵。窗外楼台隐鹊桥。星月路
迢迢。
老水舍、试妖娆。红粉青瓷慰寂寥。归来梦
也潮。

二〇一一年八月六日于闲庐

阮郎归　谒成吉思汗陵

鄂尔多斯无限远，不觉度阴山。雨风洒向衣冠冢，秋来塞上寒。

羯鼓歇，剑锋残，空剩梦如烟。何日铁骑重奋起，再到夕阳边。

二〇一一年八月十八日

临江仙　初到西昌

地老天荒应共赏，流光谁肯相依。凉山初到雾迷离。无穷碧色，尽掩万家彝。

一涵邛海大琉璃，画浦汀洲，苍水正逶迤。禽侣归来衔暮色，小楼凭望，月色不胜衣。

二〇一一年九月一日于西昌邛海宾馆

菩萨蛮　山中

少年意气谁知晓，踏遍青山人未老。篱上霜如染，不觉鬓毛斑。

何处寻禅榻，城市多车马。夕阳红若绘，江南我独归。

二〇一一年十月十八日于龙潭书院

一斛珠

红稀绿破，温情忽向轻寒过。凭窗犹忆去年秋，一袭清波，不解鸳鸯错。堂上何人供佛果，右注清愁忧患左。诗人遭受红尘唾，瑶池千丈，渡近西王母。

二〇一一年十二月三日

更漏子

花如蝶，势若飞，香到浓时如泪。莫问我，感伤时，柔情一把灰。

不思量，风云会，惆怅白发相催。鬓已残，心未老，夜静听子规。

二〇一二年元旦

相见欢 初雪

簌簌声到窗前，雪如烟，恰似故人灯下说丰年。

墙角梅，炉边书，盏中禅。大寒节里不觉鬓毛斑。

二〇一二年一月二十一日

后记：

辛卯年腊月二十八，值大寒节气。自晨到暮，天降瑞雪。今年雨水很少，自秋至冬，一直未曾降雨。今日之雪，解暖冬之厄，幸何如之。

山花子　大禾冲村所见

山花却恼作红颜，惹起相思夜半寒。晓追旧梦缘溪去，白云闲。

眼底孤村翠叶间，锦鸡上树逗炊烟。野老弄孙闲扑蝶，不知年。

二〇一二年四月九日于龙潭书院

南乡子　新年述怀

梅树点清霜，野老闲来话短长。说到丰年情动处，飞觞，祝愿家家福满堂。

民意岂能忘，上下同心奔小康。复兴长路行人满，寻常，短歌长调总铿锵。

二〇一二年十二月二十六日

鹧鸪天　夜来清梦

夜来清梦雨敲窗，城角樱花着晓妆。独品波斯人似玉，更忆胡姬散酒香。

红粉乱，蝶衣忙。一点春心似画廊。冰壶岂肯与人共，离情起处水流长。

二〇一四年三月二十四日

于西双版纳世纪金源大酒店

少年游　贺明基和尚升座

四祖禅床，问谁能坐，拱手对明基。袈裟暗换，沉香新续，春鸟啭玄机。清风绕殿忆恩师，花语解灵犀。雨苔千点，月光半屋，人在幽窗里。

二〇一四年三月十八日

丑奴儿 西双版纳印象

旅痕踏处尽浓汝，远山披雪，近树栖凰，窗外澜沧江水长。

禅钟初度探花郎，既解风情，又解风霜，滇茶一盏即家乡。

二〇一四年三月二十九日于景洪市

生查子　登桐柏山

少年曾有梦，仙草织芒鞋。江南风雨夜，仗剑上天街。

今日寻淮渎，披云踏石阶，烟霞三千丈，傲啸与天接。

二〇一四年十月十五日

好事近　立冬

持盏对庭园，树犹三春如洗。却少红霜翠鸟，落我书香几。

多年不见雪成冰，磨砺英雄气。拟将素笺千丈，裁小书天意。

二〇一四年十一月七日

秋蕊香　迎本焕长老舍利入四祖寺安奉

红叶双峰深浅，恭迎老佛还山。宝函玉匣坠天花，一接清泪潸潸。

头陀舍利霞光满，照人间。安奉地宫钟磬动，烟云漫了前川。

二〇一四年十二月五日

图书在版编目（CIP）数据

布袋行吟集 / 熊召政著 . —长沙 : 岳麓书社，2024.6
ISBN 978-7-5538-2026-2

Ⅰ . ①布… Ⅱ . ①熊… Ⅲ . ①诗词—作品集—中国—当代 Ⅳ . ① I227

中国国家版本馆 CIP 数据核字（2024）第 041466 号

BUDAI XINGYIN JI
布袋行吟集
熊召政 著
责任编辑：刘书乔 孙 林
责任校对：舒 舍
封面设计：风格八号

岳麓书社出版发行
地址：湖南省长沙市爱民路 47 号
邮编：410006

版次：2024 年 6 月第 1 版
印次：2024 年 6 月第 1 次印刷
开本：640mm × 960mm 1/16
印张：27
字数：95 千字
书号：ISBN 978-7-5538-2026-2
定价：88. 00 元

承印：湖南省众鑫印务有限公司

如有印装质量问题，请与本社印务部联系
电话：0731-88884129